追憶のハリウッド '60s

Hollywood Foto Rhetoric

もうひとつのディラン詩集

............the lost manuscript

詩＋ボブ・ディラン
Bob Dylan

写真＋バリー・ファインスタイン
Barry Feinstein

訳＋中川五郎
Goro Nakagawa

A CONVERSATION WITH BOB DYLAN

ボブ・ディランとの会話

―――初めてバリーと出会ったのは？

バリーとわたしが会ったのは、わたしのマネージャーのオフィスでだった。バリーはピータ・ポール ＆ マリーのマリー・トラヴァースに求婚中か、すでに結婚していたかのどっちかだった。わたしもマリーとは知り合いで、彼女がもっと以前に彼をわたしに紹介してくれたのかもしれない。でも、よく覚えていないんだ。

―――二人は友だち同士になったのですか？

旅の道ずれになったね。バリーがわたしのツアーに付いて来たこともあるし、一度一緒に車で国を横断したこともあるんだ。

―――バリーの写真は好きでしたか？

ああ、バリーの写真はとても好きだった。ロバート・フランクの写真を思い起こさせるね。

―――どんなところが？

両者に共通する荒涼とした雰囲気がね。言うまでもなく題材のせいだけどね。バリーが写真を撮るときのアングルが好きだったな……光と影、そういったことがね。

―――テキストを書いてほしいとバリーから依頼があったのは？

何かを書いてほしいと彼に依頼された覚えはないなあ。自然とそうなってしまった感じだよ。

―――これらの詩のことを深く考えてみましたか？

多分それは専門家に聞いてもらうしかないね。

―――でもあなたはどうですか？

でもわたしがどうかだって？　わたしも専門家に聞いてみるしかないようだね。これが詩というのなら、あるいは詩じゃないとしても……どうでもいいじゃないか？いったい誰が気にするっていうんだい？

―――テキストを書いたことを覚えていますか？

実は、覚えていないね。

―――長い歳月を経て、読み返してみてどう思いますか？

まず思ったのは、わたしが書いたものは、写真を見ずには書けなかっただろうということだ……次に思ったのは……次は何もないみたいだな。

―――写真についてのお考えは？

もちろん写真のことはいっぱい考えたよ。バリーは信じられないほど偉大な写真家だったと思う、今現在もそう思っているよ。

A CONVERSATION WITH BARRY FEINSTEIN

バリー・ファインスタインとの会話

───バリー、最初はどうやってハリウッドに行ったんですか？

どうやってハリウッドに行ったのかって？ 車に乗って行ったんだよ。わたしは映画の仕事をしたかった。あの頃はコロムビア映画で、ハリー・コーエンの製作アシスタントとして仕事をしていたんだ。

───『追憶のハリウッド'60s』を作るきっかけとなったのは？ いくつもの異なる写真プロジェクトを寄せ集めたものですか？

いや、そんな魅力いっぱいのものじゃなかったよ。ハリウッドはいい企画になると思っていたんだ。そこでわたしは奇妙に見える写真を撮り始めた。たとえばガレージの中の何台もの車、失業者の前に停まったロールス・ロイス、そういったもの全部をね。とにかくどんどん撮って、撮って、撮りまくって、いつかそれで何かができたらいいなと思っていたんだ。

───ボブ・ディランに写真のテキストを書いてもらおうというアイディアを思いついたのは？

わたしは彼とニューヨークで会ったばかりで、彼が気に入っていたし、彼の音楽も好きだった。彼の書く歌が好きで、こんなことやってくれないかと頼んだら、はたして彼はカリフォルニアにやって来てくれ、（わたしから）写真を受け取り、書いてくれたんだ。実に簡単だった。彼の頭に思い浮かぶがままさ。おかげで写真がとても興味深いものになったと思うね。

───こんなにも長い歳月を経て、これらの特別な写真と再び向き合って、どんな気持ちですか？

そうだね、これらの写真を忘れたことは一度もなかった。いつも考えていたし、しょっちゅう見てもいたから、とうとうファイルから取り出せてほんとうによかったよ。

───生涯カメラを構えて生きて来て、この仕事をしてよかったとあなたに思えるのはどんなところですか？

旅することだよ、アルバム・カバーや小説など、いろんな企画の素晴らしい仕事の依頼を受けてね。ほら、ディランとわたしは車で国を横断したんだ。ボブのマネージャーのアルバート・グロスマンはわたしの親友でね。彼がロールス・ロイスを買って、わたしが彼のためにそれを運転してニューヨークまで帰ることになった。その途中で、トランスミッションが壊れてしまった。わたしは車をデンヴァーまで持って行って、そこでトランスミッションを修理しなくちゃならなくなった。わたしはニューヨークに戻って、アルバートに言ったんだ、「なあ、誰かこの車を運転するやつを見つけなくちゃね」。するとアルバートが、「おまえがやってくれないかな？」って聞いて来たんだ。わたしは答えたよ、「でもな、俺ひとりじゃやりたくないね」。オフィスにはボブがいたんだ。だからわたしは声をかけた。「ボブ、俺と一緒に行きたいかい？」。彼は答えたよ、「もちろんさ」。そこでわたしたちは一緒にデンヴァーまで行って、二人で車を運転して戻って来た。とんでもなく素晴らしい体験だったよ。

───それはすごいですね。日にちはどれくらいかかったのですか？

さあ、覚えていないなあ。でもある晩わたしたちは、列車を追いかけ、クラクションを鳴らしながら、ネブラスカを走り抜けたよ。そうだ、伝道集会にも、教会にも行ったね、ほら、熱狂的に祈りを捧げる信者たち、わたしたちもテントの中にいたら、あの車は何なんだってみんなが聞いてくるんだよ。アイオワの人たちは、ロールス・ロイスなんか見たこともないんだな。貴重な体験だったなあ。

───これらの写真を暗室で現像していた時、ボブ・ディランの歌を聞いたりしましたか？

いいねえ。わたしは彼の音楽と一緒に生きて来た。彼はわたしのいちばんお気に入りだ。彼は天才だと思うね。彼の音楽に耳を傾けるのは、ほんとうに素晴らしいこと。だからこそわたしは彼と一緒に旅に出たんだよ。彼が登場して、「フォーエバー・ヤング」や「風に吹かれて」を歌って、会場が興奮のるつぼになるのを聞きたくてね。

───ミュージシャンや映画スターの写真家として著名で高く評価されているあなたにとって、誰にでも知られている有名なものを撮ることと無名のありふれたものを撮ることの違いは何ですか？

わたしはありふれたものを撮るのが好きだね。そこにこそ写真を撮る意義があるんじゃないのかい？　その真実の瞬間を。捉えてものにするのは、一瞬しかないってことさ。回り続けて、いくつものテイクがとれる映画のカメラとは違って、一瞬しかないんだよ、一枚の写真を撮るのは。でも実際の話、ミュージシャンたちの方が映画スターよりも撮りやすいね。ピリピリしたりしないんだ……わたしの経験ではね。

───最後に、この本を手に取って、見てくれる人たちのために、どんな作品紹介をしたいですか？

わかってもらえるといいな。そう、楽しんでもらえれば。あまり真剣に受けとめないで。たかがハリウッドなんだから。

foreword
序文

by Luc Sante
リュック・サンテ

　1966年2月から、ボブ・ディランはケンタッキーからオーストラリア、そしてパリまで、さまざまな場所で43回にも及ぶコンサートを行った。そのツアーの中で最もよく知られているのは、ホークスがバックについたヨーロッパでの行程、とりわけ5月17日にイギリスはマンチェスター、フリー・トレード・ホールで行われたショウで、そのライブ録音は長い間「ロイヤル・アルバート・ホール」でのものだと間違ってみなされていた。彼が『ブロンド・オン・ブロンド』を発表したのは、まさにその月のことだった。同年ディランには、さらに64か所でのコンサートの予定が待ち受けていたが、7月29日、ニューヨーク州ウッドストックで彼はモーターバイク事故を起こし、かなりの期間活動を休止せざるをえなくなった。ディランは恐らく命に関わるほどの重傷を負ったと当初は伝えられていたが、やがてはこの事故こそが、実際の話、彼の命を救ったかもしれないと言われるようになった。というのも、彼は命に危険が及ぶほどひたすら働きっぱなしで、疲労困憊していたからだ。

　バリー・ファインスタインが1966年のヨーロッパ・ツアーを撮影し、歴史に残るいくつもの名場面が生まれた。リバプールの街の通りで子供たちと遊ぶディラン、パリのステージで千鳥格子の"ラ

ビット・スーツ"を着て、巨大なアメリカ国旗の前を得意げに歩くディラン、中を覗き込もうとするファンの顔が窓じゅうにぴったりと押し付けられている中、濃い色のサングラスをかけてリムジンの後部座席に座っているディラン。それ以前にファインスタインは『時代は変る』のアルバム・カバーに使われた、思わず息をのむような怒れる若者の顔写真を撮影していた。彼は雑誌の仕事も多数こなしていて、数多くの映画のスチール写真を撮影し、翌年に開かれるモンタレー・ポップ・フェスティバルでもカメラマンとして参加することになっていた。

　ファインスタインが1960年代前半に撮影した、見応えたっぷりのハリウッドの写真の数々にインスピレーションを得て、1964年のある時期、ディランは23編から成る一連の詩を書いた。それぞれの写真はさまざまな依頼に応じ、いくつもの異なる状況の中で撮影されていたが、そこには見事なまでの一貫性があり、「終焉へと向かう古きハリウッドの時の流れ」という、はっきりと確かめられるテーマを持っていた。スタジオのシステムや、それに伴うあらゆること、1920年代以降わたしたちにとって馴染みのある存在となった映画を生み出して来た産業は、遂にその終点に辿り着いていた。それは紛れもなくディランに共感を与える題材だった。彼は保守的なものを葬り去ろうとしている変化の波の中で重要な位置を占めていて、しかしまた一方、『ボブ・ディラン自伝』で書いているように、彼が生まれた1941年もそうだった。「もしこの時期に生まれたとしたら、あるいは生きていたとしたら、古い世界が去って、新しい世界が始まったことが感じ取れたはずだ。まるで紀元前が西暦となった時に時計の針を戻すようなものだ。わたしと同じ頃に生まれた誰もが、そのいずれにも属していた」。

　明らかにディランは自らの中にハリウッドを抱え込んでいて、それも同世代のふつうの人たち以上に強く捕らわれていたのかもしれない。彼のポーズの取り方は疑いもなくそこから学んでいて、彼は映画を作るずっと以前から、すでに映画俳優だったのだ。『ブリンギング・イット・オール・バック・ホーム』の自筆のライナー・ノーツの中で、彼はジェーン・マンスフィールドやハンフリー・ボガートのように感じている（スリーピー・ジョン・エステスやマーフ・ザ・サーフと同様）。カバー写真の彼の手の下にあるのは、ルーエラ・パーソンズによって追悼されたジーン・ハーロウだ。1958年の映画『熱いトタン屋根の上の猫』の中で、ポール・ニューマンはこう言っている、「愛がどんなものかきみは知らない。きみにとってはただの卑猥な四文字言葉でしかないんだ」。そしてドン・シーゲルの映画『殺人捜査線』（同じく1958年の作品）の中で、登場人物はこう言う、「法の外で生きているのなら、不誠実さは完全に消し去らなければならない」。1966年のヨーロッパ・ツアーの写真を

見れば、スチール写真で、ほとんどその場の思いつきだったとしても、勇壮な銀幕での演技を企んでいるディランとファインスタインを感じ取ることができる。

　だからゲイリー・クーパーの葬儀やマリリン・モンローが亡くなった日の彼女の邸宅、平等な住宅供給を要求するデモに参加し、人種差別主義者たちから逆に監視されるマーロン・ブランドの写真などをどう料理すればいいか、ディランが十分心得ていたのは、まったく驚くべきことではない。配役のエージェントや衣装部屋の棚、ハリウッド・スターの家の地図を売る人たち、失業対策事務所、取り壊されることになったハル・ローチ・スタジオの写真などもまたしかりだ。これらの風景の端から端まで、彼は入り込んで行くことができた。

　そして詩はまったく叙述的なものではなく、あたかも写真そのものが語りかけているかのようで、言葉は写真の中から溢れ出ている。

外から
中を覗き込む
どの指もくねくね動き
戸口は長いパンツをはき
前屈みになって
拒絶はなく
恋と選択は
手段を選ばない

　ところどころディランの歌を思い起こさせるものもある。「わたしに触れておくれ　ママ／だいじょうぶさ／どうってことないよ／あまりにもはっきりと証明されて来たこと／このわたし、わたし自身でさえ／ほんとうにここには存在していないと」、もしくは「リースで／分け前に預かり／だまされ／もはや中毒／手に入れずにはいられない／娼婦に／約束されて／身の破滅／その日が傾ぐ」、これらは「サブタレニアン・ホームシック・ブルース」のメロディにのせて歌われてもおかしくない。とはいえ、全般的に言うなら、語りかける声の響きは、「11の白抜きの墓碑銘」(『時代は変わる』のライナー・ノーツの詩) や「ほかの種類の歌…」(『アナザー・サイド・オブ・ボブ・ディラン』のライナー・ノーツの詩) に最も近い。それらと同様、ここでも行は言葉数が少なく、韻律は突拍子もなく、言葉

は簡潔で、電報のように短縮され、場面設定は調和がとれず、まるで夢のようで、当意即妙の鋭い言い返しも頻繁に登場している。ここにあるのは、嘆き、泣き言、熟考、皮肉（一例として、面白おかしいスクリーン・テスト）、寓話（衣装部屋の棚を生きた人間の保管場所へと変えてしまっている）、悪夢のシナリオ（「スポーツカーを／シャンデリアに激突させた後」で始まる、前のめりの誇大妄想的な思いつきで、「ボブ・ディランの115番目の夢」のとんでもなくひどい書き変えのように聞こえる）、そして数多くの冷淡で辛辣な墓碑銘だ。

　最後の作品は、生き生きとして写実的で自伝的なものだと言える。どうやら『ベン・ハー』（1959年）でオスカーを受賞したウィリアム・ワイラーの写真にインスパイアされ、ディランは緊急市民自由委員会（ECLC、エマージェンシー・シヴィル・リバティーズ・コミッティー）からトム・ペイン賞を授与された、1963年12月13日のできごとに思いを馳せている。その日彼は前もってスピーチの準備をせず、部屋中に自由主義者のお偉方たちが集まった儀式でしくじり、とりわけこう言って、彼らを立腹させてしまった。「…正直な話、実のところ、ぼくは認めざるをえません、ケネディ大統領を撃った男、リー・オズワルト、彼が何を考えてそんなことをしたのか、それはよくわかりませんが、正直に言えば、ぼくもまた認めざるをえないのです、彼の中に自分の一部を見たと」。彼は非難の声を浴び、そこに居合わせた者の中には彼と絶交する者もいた。当時ケネディ暗殺は3週間前に起こったばかりだったので、一方ではそれを巡ってまだまだ激しい感情が渦巻いていて、片やディランは抗議運動の大物たちのお気に入り役を演じることをすでに拒絶し始めていて、聴衆の反応には偽善や臆病さが読み取れるようになっていた。その詩でディランは、こう書いている。

わたしはそこでやめて
尋ねることもできた
「彼も同じことを言えたと
信じない人が
この場に一人でも
いますか？」

　それから彼は小像を手に帰宅し、そして「その目を覗き込み…バーベルであるかのようなふりをした」。その時点で、すでに問題は自己満足に耽る正義感溢れる聴衆ではなく、お偉方たちの本質やその愚かな執着心に取って代わっていた。「金では買えない／何の値打ちもない場所を取る以外」。

『追憶のハリウッド '60s：もうひとつのディラン詩集』は、二人の偉大なアーティストの共作と言うだけでなく、ふたつの列車が衝突して重なり合ったものだと言うことができるだろう。ふたつの列車、すなわち古きハリウッドの崩壊しつつある封建的なシステムとお偉方の世界に対してディランが必然的に抱くことになった幻滅とが。とはいっても、その見解はひねくれて意地悪だというわけではない。むしろその逆で、ディランは死や不安だけでなく、ユーモアやちょっとした気まぐれも見てとっている。しかしディランは今ではハリウッドを、念入りに作り上げられた形式張った規則の中で動いてさえいればご褒美がもらえるシステムと捉えて、内側から正しく認識し、それはスティーブン・クレイの空に浮かぶ金の玉のように［註1］、近づいてみれば泥のようにしか見えないものなのだ。恐らくディランにとってこれらの詩を書くことは、名声と折り合いをつけ、ボブ・ディランであり続けることを決してやめないと悟るための、長くて困難な過程の中での最初の一歩だったのだ。

そうだよ　ママ　わたしは役者
違いはわたしの矛盾となり
そこでわたしは
x　　思い出してもらうことなどそんなに望んではいない
というのもわたしの微笑みは
わたしの衣装のためではなく
まったく逆で
あたりを見回して
わたしは気づく
わたしがなろうとしているのは

註
[1] 19世紀後半に活躍したアメリカ自然主義文学の先駆者的作家で詩人の代表的な詩「A man saw a ball of gold in the sky」のこと。「空に浮かぶ金の玉を手に入れてみたら、泥の塊だった」と歌われている。

introduction
序論

by Billy Collins
ビリー・コリンズ

> 「紙の上に書かれた言葉と歌との違い。歌は風の中に消えてしまうが、紙はいつまでも残る」
> ——ボブ・ディラン

　ロックの歌詞は詩とみなされるかどうかという質問をされるたび、そしてそれはほとんどどの学期でもされるのだが、わたしは自分の学生たちに単純だが冷酷な判断をしてもらう。すべてのミュージシャンに楽器を持ってステージから立ち去るようお願いし、それにはサテンのぴちぴちしたドレスに身を包んだバック・アップ・シンガーたちやドラマーも含まれ、残されたシンガー一人がマイクの前に立って、手にしている紙切れに書かれた歌詞を朗読してもらうのだ。そこで耳にするものに、誰もが同じ印象を受ける。たいていの場合、歌詞は詩ではなく、歌詞でしかない。素晴らしい歌詞もあれ

ば（「青い影」[註1]）、あまりよくないものもある（「花咲く街角」[註2]）。しかし何度も繰り返される「さあ、ベイビー、俺の火をつけてくれ」といった歌詞は、音楽なしでは成り立たないし、そういうことを意図して書かれているわけでもない。もちろん、幾つかの例外にも当然触れなければならず、その短いリストのいちばん上の場所は、絶えずボブ・ディランのために取っておかれている。「雨降るファレスの街できみは迷子になってしまい／おまけに復活祭の時期で」や単に「あんたは鉛筆を握って／部屋の中に入って来る」といったフレーズも、音楽の支えなしで見事に成立している。というわけで、ディランが詩として書いたものは詩であるということもまた、500ページに及ぶ徹底的なディランの全曲集の文学的研究の執筆に取り組んだ大学教授のクリストファー・リックス［註3］を筆頭に、誰にとってもまったく驚くべきことではないのだ。

　本書はちょっとあり得ない組み合わせとなっている。写真家バリー・ファインスタインが捉えたハリウッドイメージに呼応して、60年代半ばにボブ・ディランが一連の詩を書いたもので、フォト・エクファラスティック的［註4］な大胆な試みだと言える。彼の詩が活字となって登場するのは、よりとりとめもなく、しかしかなり楽しげな『タランチュラ』（1971年）以来のことで、ページの上で沈黙している文学的ディランをじっくり眺める滅多にない機会を与えてくれる。これらの詩は、その手法において彼の歌詞を思い起こさせるものなので、とてもとっつきやすいはずだ。彼ならではの独特な歌声こそ聞こえて来ないものの、わたしたちは詩の様式だけでなく、ディランの奇妙な省略の仕方によって特徴づけられる、活字になった言葉の有り様も見てとることができ、それらはたいてい、行は短く簡潔で、ページの上に積み重ねられてぐらつくポーカーチップの柱のように、言葉の贅肉が最小限まで切り落とされている。

　ほかにも気づかされるのは、ディランならではのイントネーション、言葉に込められたエネルギー、俗語の多用などで、時には何かをほのめかす調子にもなり、神経を逆撫でするような彼の独特な声が聞こえてこないぶん、より異端で、反文学的なものになっているように思える。激しくかき鳴らされるギター、息を吸ったり吐いたりして吹き鳴らされるハーモニカ、それに背後でひっそりと奏でられる、どことなくディラン調の曲が、そのうち聞こえてくるかもしれない。テーマにしても、時には辛辣きわまりない彼の歌詞と同類だ（「おまえは自分が付けているマスクでしかない／おまえはいつでも演じている／自分自身を振る舞う時でさえ」）。広く知られている彼のさまざまな曲のこだまもはっきりと聞こえてくる（「ああママ　でもとても難しい」）。

不意に登場して炸裂するシュールレアリスムもこれらの詩を際立たせていて、一行一行はただ書きとめられていったというより、帽子の中から引っ張り出されたり、空から落ちてきたところを摑まえたもののように思える。そしてディランの痛烈な一言、だしぬけに飛び出してくる鋭い意見や批評もある。「ぼくはマーロン・ブランドに／悪意など／まったく抱いていない」。しかしたいていの場合、これらの詩と彼の歌詞との間の橋渡しをするのは、声そのもので、その声は、ひとつの焦点だけで彼を捉えようとするあらゆる試みから水銀のように素早く逃げ回り、行ごとに気分だけでなくアイデンティティまで変えてしまえる、まるで摑みどころのない同じ一つの人格から、絶えず前に向かって発せられている。最後には詩人そのものが姿を消してしまって終る詩すら何編かある。「あまりにもはっきりと証明されて来たこと／このわたし、わたし自身でさえ／ほんとうにここには存在していないと」、そして「行ってしまう／行ってしまう／行ってしまった／そしてもう決して／戻っては来ない」。

　わたしたちの興味を引きつけるこつをしっかりと心得ている詩人たちのように、ディランもまた、いつゆっくりと進み、いつ加速するべきかがわかっている。ありきたりなブルース・ラインと一緒に走り始めたかと思うと、わたしたちをいきなりウサギの巣穴へと引きずり込んで、そこから別次元へと運び去ってしまうような強烈なイメージで、詩をぴしっと引き締める。そしてその別次元では「戸口は長いパンツをはき」、ダッシュボードの上に現われた「宝石をちりばめたガチョウ」が「ガーガー」と鳴き叫んでいる。それらすべては、おあつらえ向きのドラッグをキメていたり、その状態がどんなだったか思い出せるのだとしたら、完璧に意味をなすことだろう。あるいはフランスの象徴主義者たちの風変わりなミルクしか味わったことがなかったとしても。

　中にはモノクロ写真のハリウッドに直接応えている詩も何編かあり、両者は一組のものとなっている。コニー・レインボウという名前の女優への配役担当責任者の根掘り葉掘りの質問を再現している詩。映画初日の晴れやかな光景を捉えた詩（「好かれる初日の常連客たち／予約された毛皮／化粧が長持ちする顔に香水」）。ロマンチックなコメディを諷刺した詩（「男女が出会う／コークで甘言」）。オスカーそのものも（「わたしだったのか／それともわたしが持っている／この一物なのか」）、ディランの皮肉でいやみたっぷりな目にしっかりと捕らえられてしまう。

　これらの詩はフォークやブルースのルーツに忠実なものだが、同時にあの時代の詩、とりわけアレ

ン・ギンズバーグの作品に突き動かされて生み出されてもいる。ディランはギンズバーグとは、彼が亡くなるまで、生涯にわたってずっと交流があり、彼の著書『吠える』は、それを読んで心を奪われた多くの者たち同様、若きフォーク・シンガーたちにもとてつもなく大きな衝撃を与えた。ディランのシュールレアリスム的な斬新さは、ギンズバーグの「水素のジュークボックス」[註5]に匹敵するもので、彼が連想の力で自由に動き回ることができるのも、ギンズバーグ、ケルアック、グレゴリー・コーソ、そのほかのビート作家たちが言葉を自由に解き放ってくれたおかげだろう。虚偽の敵にして本物を追い求める者として、ディランははりぼての上辺だけで実質が何もないものを蹴飛ばして暴き立てることでも有名だ。ハリウッドの仮面劇、ペテン、有名人崇拝、徹底的なまでの俗悪さなどは、25歳のディランにとって、攻撃せずにはいられない、格好の標的だったに違いない。とはいえ、彼は本書に収められている8行の思いやりに満ちた哀歌で、マリリン・モンローを追悼しつつ、彼女の死に真の悲しみを見つけ出してもいる。

　俳句やエミリー・ディキンソンの詩のように、ディランの詩には、ページのいちばん上に振りかざされ、最初の一行を読む前に読者に何を考えるべきかを押し付けてくるタイトルもなければ、バナーもない。タイトルという回転式ゲートを押して回し、詩の世界に入り込む必要などないのだ。むしろ言葉は、親切ごかして何かをあいまいに告げられることなく、歌が歌い始められるかのように、書き出されている。

　さまざまな読者が、それぞれの好奇心や期待を胸に、これらの詩と向き合うことだろう。作品は、これまでページの上で目撃されたことのない、詩的なディランの出現を伝えてくれる。加えて、これらの詩は、60年代中期の文化的な大混乱の中から掘り起こされ、時の忘却から中から救い出されたという特色も持っている。ミトンやピタゴラスの法則が失われたのと同じようなかたちで、これらの詩が"失われた"ことなどまさに一度としてなかった。そうではなく、ただ脇に追いやられ、忘れ去られていただけなのだ。ある日写真家がマニラ封筒を見つけ、それを開け、受話器を取り上げ、いい本のアイディアがあるんだとボブ・ディランに電話をかけるまで。そして、おわかりの通り、それはとても素晴らしい思いつきだった。

註

[1] プロコル・ハルムの1967年のデビュー曲にして大ヒット曲の「A Whiter Shade of Pale」。作詞は詩人のキース・リードが書いている。

[2] デル・シャノンの1961年夏の大ヒット曲で、全米シングル・チャートで5位になった「Hats Off to Larry」。作詞は歌っているデル・シャノン本人。

[3] 1933年イギリス生まれの学者にして文芸評論家で、ボストン大学の教授となったクリストファー・リックスは、ボブ・ディランの熱烈な研究家として知られる。2005年に528ページの大著『Dylan's Vision of Sin』を出版した。

[4] エクファラシス（Ekphrasis）とは、写真についての詩、映画についての小説といったように、異なる芸術形式のものを表現する試み。

[5] アレン・ギンズバーグが『吠える』の中で作り出した新語。

追憶のハリウッド '60s

Hollywood Foto Rhetoric

もうひとつのディラン詩集

............the lost manuscript

1

i, francis x

am here tonite t assure everybody

that nobody has lied t you

you who've dug deeper

into the prints of mankind an humanity

do not listen t those

who tell you you're behind the times

you have had excellent guidance

an you have had the best helpers

t light the way

t them, you are their only interest

you have no reason t feel cheated

no matter what anyone says

just think of your children

for they are the ones that are profitin

an you'll know for you,

kind friends,

time, indeed, is not standin still

わたくし、フランシスXが

今夜ここにおりますのは

みなさまに自信を持ってこう言うためであります

誰もあなたに嘘はつかなかったと

人類と人間性の映画を

どこまでも深く追求したあなたには

時代遅れだよと言う人たちに

あなたは耳を傾けず

並外れて優れた指標を身につけ

行く手を照らす

最良の助手たちに恵まれていたあなた

彼らにとって、関心の的はあなたしかなく

欺かれたとあなたが思う理由はどこにもなく

たとえ誰が何を言おうとも

ただ自分の子供たちのことだけを考える

というのもあなたのためになっているのはまさに彼らで

そしてあなたたちは気づくことでしょう　あなたにとって

思いやりに満ちた友たちよ

時間は、まさに、じっと止まっているわけではないのです

青土社 刊行案内 No.80 Spring 2010

■ 小社の最新刊は月刊誌「ユリイカ」「現代思想」の巻末新刊案内をご覧ください。
■ ご注文はなるべくお近くの書店にてお願いいたします。
■ 小社に直接ご注文の場合は、下記へお電話でお問い合わせ下さい。
■ 定価表示はすべて税込です。

東京都千代田区神田神保町1-29市瀬ビル
〒101-0051　TEL03-3294-7829
http://www.seidosha.co.jp

2

madness	狂気
stoned madness	らりった狂気が
leaps insanely tickles at my nerves	突拍子もなく襲いかかり　わたしの神経を逆撫でする
whispers	ひそひそと囁く
your mask is waitin	おまえの仮面が待ち受けている
proclaimin them most free from guilt	ほとんど罪の意識のない者たちを賛美しながら
it is waitin impassionately	情熱的に待ち受けている

yes when thinkin cries	そうだ　分別ある叫びが
were piercing forth	発せられていた時
repetition	何度も何度もの繰り返しが
pushed me off the edge	わたしを狂気の世界へと突き落とした
teachers travel	教師たちは旅をする
in strange grabs	不思議な感じで心を鷲掴みにされ
that my screams were only	わたしの叫びだけが
backstage chatter	舞台裏での喋り声で
climbin out of	見事に形作られた口から
mouth well-molded	這い出して来る
tears warped. stiffl y drawn	ゆがんだ涙。こわばって引きつり
chizled out by chalk	チョークで彫られ
carved from the best unchosen eyes	最も選ばれることのない目が刻まれている
t take my place too	またもやわたしの場所につこうと
in the garden of shadows	亡霊たちの庭の中
how many times then	それならいったい何度

contd

i must've gasped	わたしは恐怖で息をのんだのか
what mask?	何のマスク？
where?	どこに？
you can't mean me	それがわたしだとはおまえには言い切れない
defences, rigged up fences	被告たちが、フェンスを拵え
are quick t cover up one senses	ひとつの意味を覆い隠そうと素早い動き
when told	言われたとたん
you're nothin but your mask	おまえは自分が付けているマスクでしかない
you are actin all the time	おまえはいつでも演じている
even when you're playin you	自分自身を振る舞う時でさえ
yes mama i'm an actor	そうだよ　ママ　わたしは役者
the difference being my contradiction	違いはわたしの矛盾となり
that i	そこでわたしは
do not really wish t be remembered	思い出してもらうことなどそんなに望んではいない
for my smile	というのもわたしの微笑みは
nor for my costume	わたしの衣装のためではなく
but in complete reversal	まったく逆で
as i look around	あたりを見回して
i realize	わたしは気づく
that i will be	わたしがなろうとしているのは
ghost figures show no emotions	何の感情も表わさない亡霊のような存在
ancient sheriff's tie strangles	古くさい保安官のネクタイが首を締めつけ
yet his eyes don't tell	それでも彼の目は何も訴えない
a magic clown's body's	魔法の道化師のからだにあるもの
being smothered in feathers	羽根ですっかり覆い尽くされ
yet the dust on his mouth	それでも彼の口元の埃は
dont even move	微動だにしない
it seems like the	それはあたかも
whole human race	全人類が
is being insulted	侮辱されているかのよう

contd   makin my own disorder but wax of confusion
my longingness nothing but sexboard drama
my success, a neckful of taped together tickets
my blood lastin only in the crust of rapes ketchup

all of which will

evaporate

into the wind

yes, in true confession

i was startled wacked

wrecked off my feet

by fallin into

the frightenin smallness

of one's weary universe

touch me mama

it's all right

it doesn't matter

it's been too well proven

that even i, myself

am not really here

自ら正気を失い混沌の坩堝

わたしの願望はセックスボード・ドラマでしかなく

わたしの成功、テープでひとつにくっつけられたチケットに首まで埋まること

わたしの血が流れ続けるのはぶどうのしぼりかすのケチャップのかさぶたの中でだけ

そのいずれもがいずれは

風の中に

雲散霧消することだろう

そうだ、ほんとうの告白の中で

わたしは驚き縮み上がりくたびれ果てて

足が動かなくなってしまった

人のくたびれ果てた宇宙の

仰天すべき小ささの中に

落っこちてしまって

わたしに触れておくれ　ママ

だいじょうぶさ

どうってことないよ

あまりにもはっきりと証明されて来たこと

このわたし、わたし自身でさえ

ほんとうにここには存在していないと

3

from the outside	外から
lookin in	中を覗き込む
every finger wiggles	どの指もくねくね動き
the doorway wears long pants	戸口は長いパンツをはき
an slouches	前屈みになって
no rejection	拒絶はなく
all's fair	恋と選択は
in love and selection	手段を選ばない
but be careful, baby	でも用心しな、ベイビー

of covered window affection

an don't forget

t bring cigarettes

for you might

just likely find

that one outside

leads farther out

an one inside

just leads t another

被われた窓の恋慕に

そして忘れないように

煙草を持って来るのを

というのもきみは

気づくだろうから

外にいる者は

より遠くへと誘い出し

中にいる者は

別の場所へと導くだけだと

4

i didnt notice her

husband keepin track of me

for i was much too involved

watchin her

(her with the hand

about t grab her throat)

anyway it was when

he threw a rabbit punch

t my poor glassy chin

that i responded

"why'd you do that?"

"you looked like you werent takin her seriously."

"dont tell me you take her seriously?"

"you wanna nother punch?"

"did she really create the world in six days?"

"no one can talk about my wife like that."

"i think you aughta divorce her."

"you little know it all punk. she's my wife. she's beautiful."

ぼくは彼女には気づいていなかった

夫がぼくからずっと目を離さない

というのもぼくはあまりにも深入りしすぎてしまっていたから

彼女を見守ることに

(その手で今にも自分の喉を

つかもうとしている彼女)

とにもかくにもその時だった

ぼくのひ弱でガラスのように壊れやすい顎に

彼が軽いパンチを食らわせたのは

そこでぼくはすぐに反応した

「どうしてこんなことするんだ？」

「彼女をないがしろにしているように見えたからさ」

「自分はないがしろにしていないなんて言わないだろうね？」

「もう一発パンチを食らいたいのか？」

「彼女はほんとに六日間で世界を創造したのかい？」

「誰にもわたしの妻のことをそんなふうに言わせないぞ」

「彼女と離婚すべきだと思うね」

「何ひとつ知らないくせに、ちんぴら野郎。彼女はわたしの妻だぞ。とてもきれいだ」

contd

"i'm afraid you're gonna have t punch me again."
"this time I'm gonna punch you thru the wall…then you might learn some respect…"
knowing when i'm not wanted
i climbed out from behind the wall
an walked t the door
looked back
he still was starin at me
an she was still about t grab her throat
nothin had changed
"strange people at
your parties" i said
t the host
the host sat crosslegged
on a mantle
looked down at me
there were some
lights between us
she didnt say a word

「どうやらまたぼくにパンチを浴びせるつもりだな」
「今度のパンチでおまえは壁を突き破って吹っ飛んで行ってしまうぞ…そうすりゃもうちょっと敬意を払えるようになるかもな…」
自分がお呼びじゃないとわかったので
ぼくは壁の裏側から這い出して
ドアへと向かった
振り返ってみると
彼はまだぼくのことをじっと見つめていた
そして彼女はまだ自分の喉を引っ掴もうとしていた
まったくそのままだ
「あんたのパーティに出ている
おかしなやつら」とぼくは
ホストに言った
ホストは外套の上に
あぐらをかいて座っていて
ぼくを見下ろした
二人の間には
微かな明かり
彼女は一言も喋らなかった

17

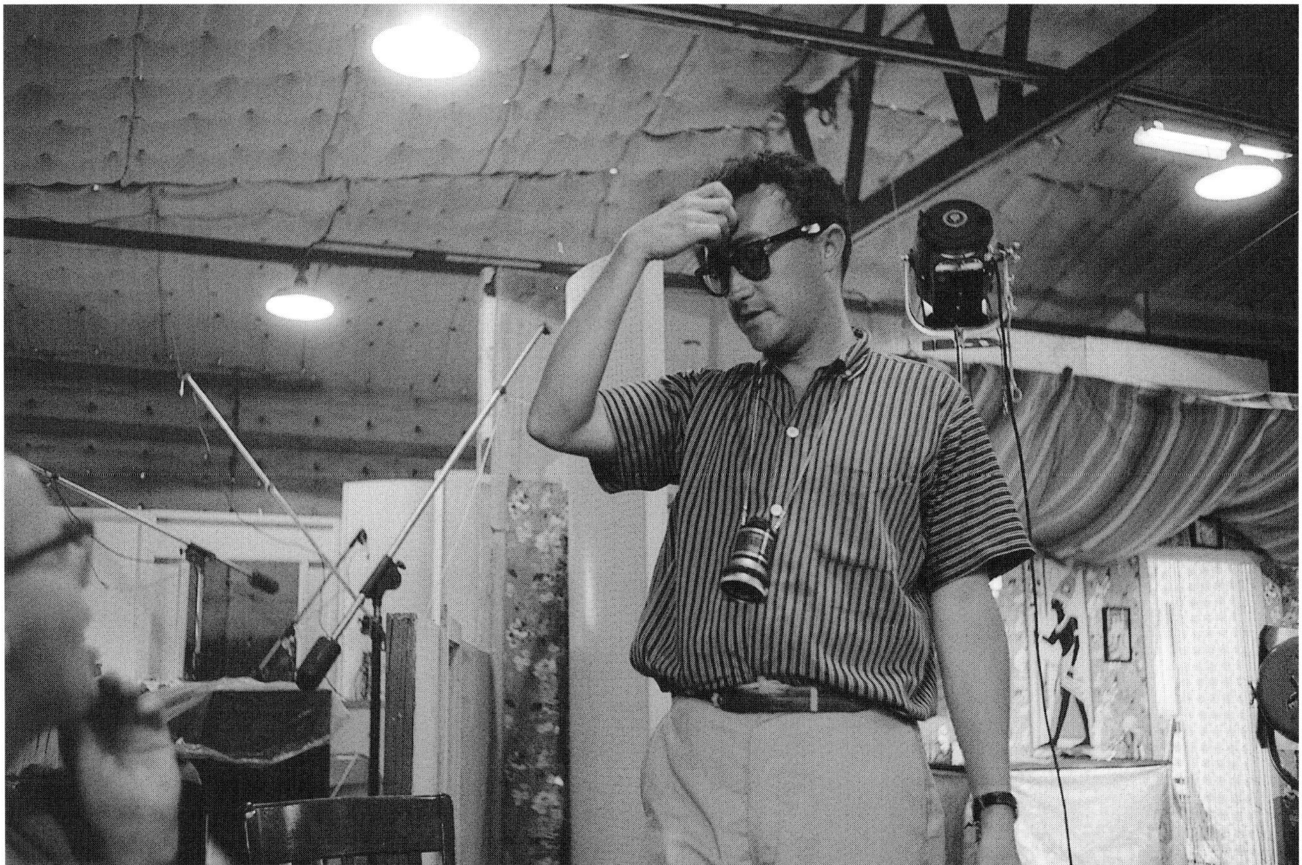

5

flag signs signals	信号を送る旗
handwaves	意味のない行動
redlights	赤い光
jump go	弾かれたように進め
greenlights	緑の光
switchlights	切り替わる光
stoplights	停止信号
all rights	だいじょうぶ
not rights	正しくない
no rights	大間違い
this way	こっちの方
right way	正しい方
any way	いずれの方でも
scratchin twitchin	ひっかきつねり
itchin	かゆくてむずむず
that way	あっちの方
your way	きみの方

contd	time out time in	なくなる時間生まれる時間
	whirl whirl	ぐるぐる
	spin spin	きりきり
	dizzy dizzy	くらくら
	busy	忙しい
	too busy	忙しすぎる
	much too busy	めちゃくちゃ忙しすぎる
	very very	とてもとても
	much too busy	めちゃくちゃ忙しすぎる
	t see the end	終わりを見ようと
	at the end	終わりで
	in the end	終わりに
	whole people	すべての人たちが
	finish equal	等しく終える
	an tho each tries	そして何に挑戦しても
	none dies	一人の死者も出ることもなく
	in cold flight	冷静な昂揚の中
	in sight	完成間近

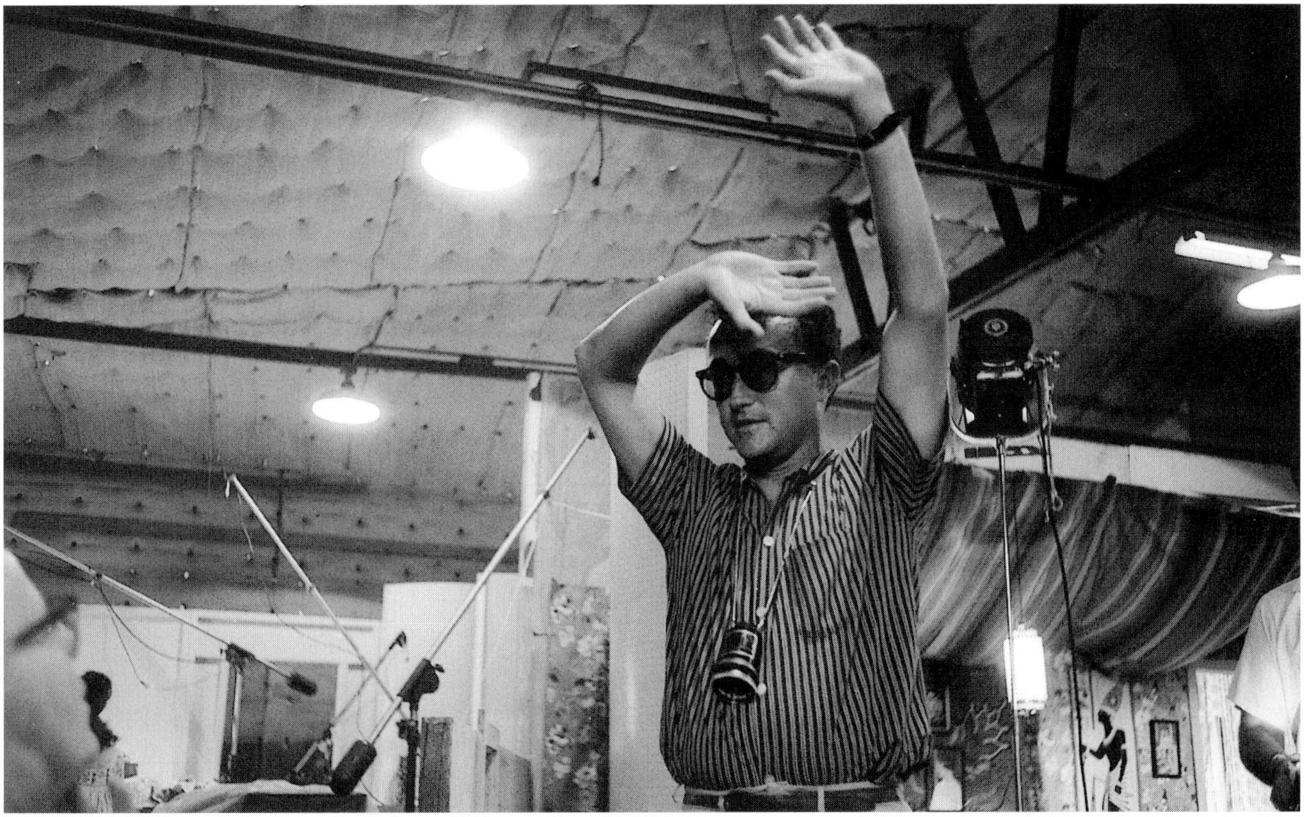

22

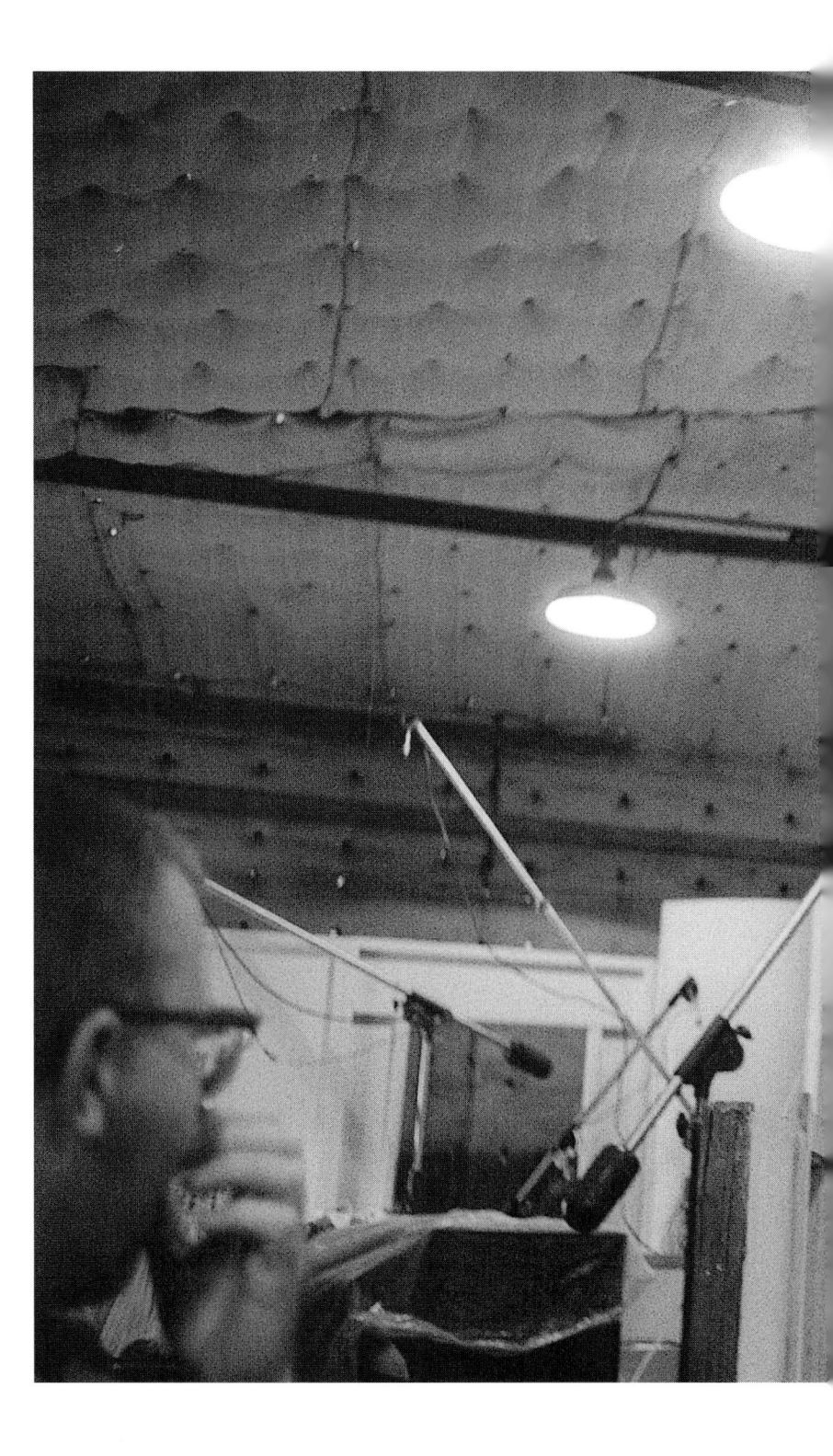

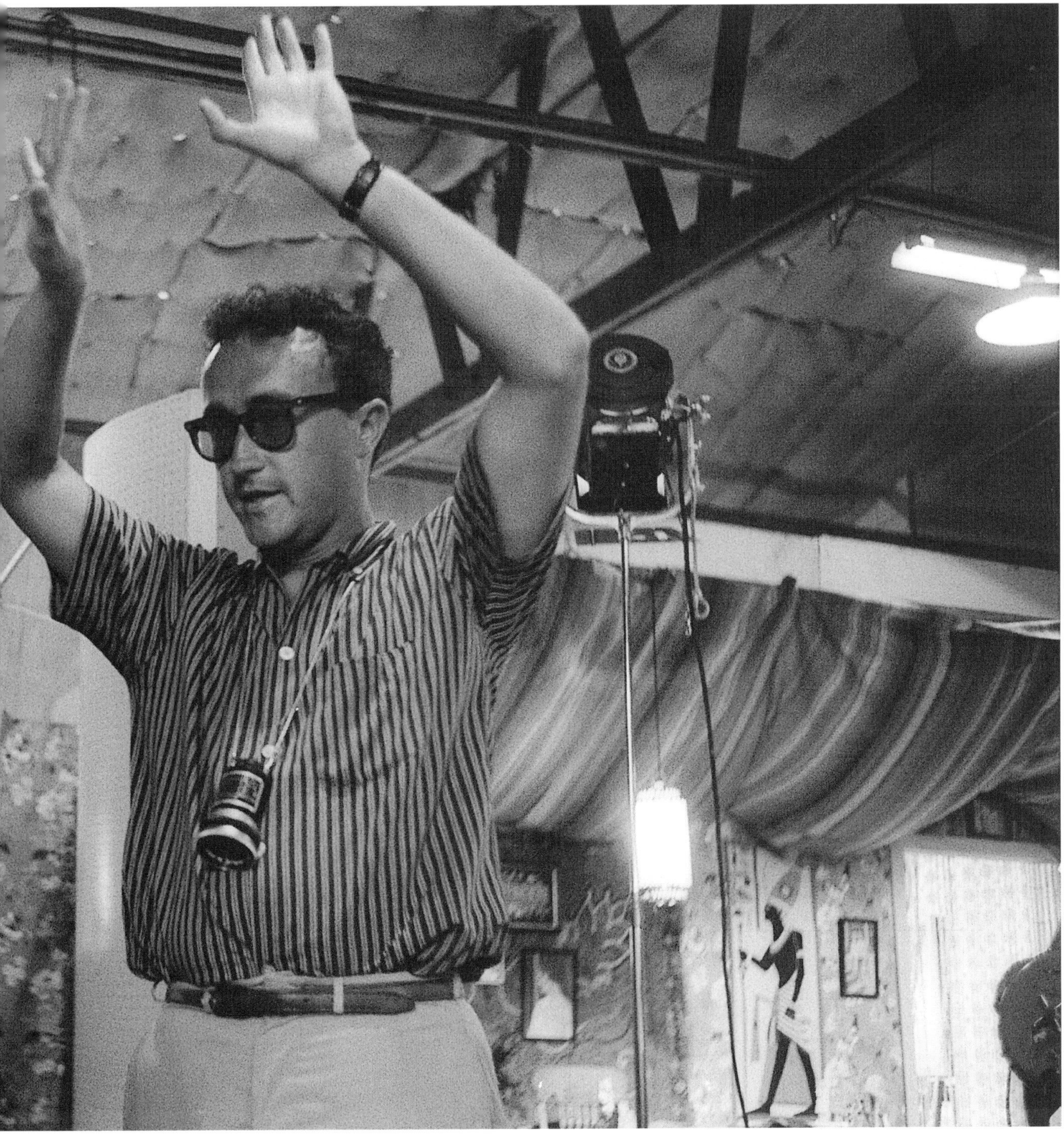

6

off my guard

dream's openin

catches fixed

favored first niters

furs reserved

perfume for the face preserved

important clutterers

ultra exclusive cost included

hooked an gathered

splendor feathered

spectacle respectable

with laps waitin

tender throated

then there's them

keyed out

on other side

careful not t get too close

t keep their feet

off sidewalk stars

dream bloops

two crowds

none survives

each thrives

off one it looks to

each will stand

ぼくはすっかり用心を解いて

夢が広がる

獲物は固定され

好かれる初日の常連客たち

予約された毛皮

化粧が長持ちする顔に香水

お喋りたちは重要な存在

超高価な経費込み

夢中になって群がる

絢爛豪華な羽毛で飾られ

見事な光景

酒が待ち受け

柔らかな喉

それからそこには彼らが

きれいに並んでいる

反対側で

あまり近づきすぎないようご用心

素人のスターたちに

足を出すことなく

しくじった夢

二つの仲間の群れ

誰一人として生き残れず

誰もが人を餌食にして

うまくやり

同じ方に向き

誰もが立つことだろう

Exclusive Engagement
2 PERFORMANCES DAILY
RESERVED
Now O
MAIL ORDERS NOW

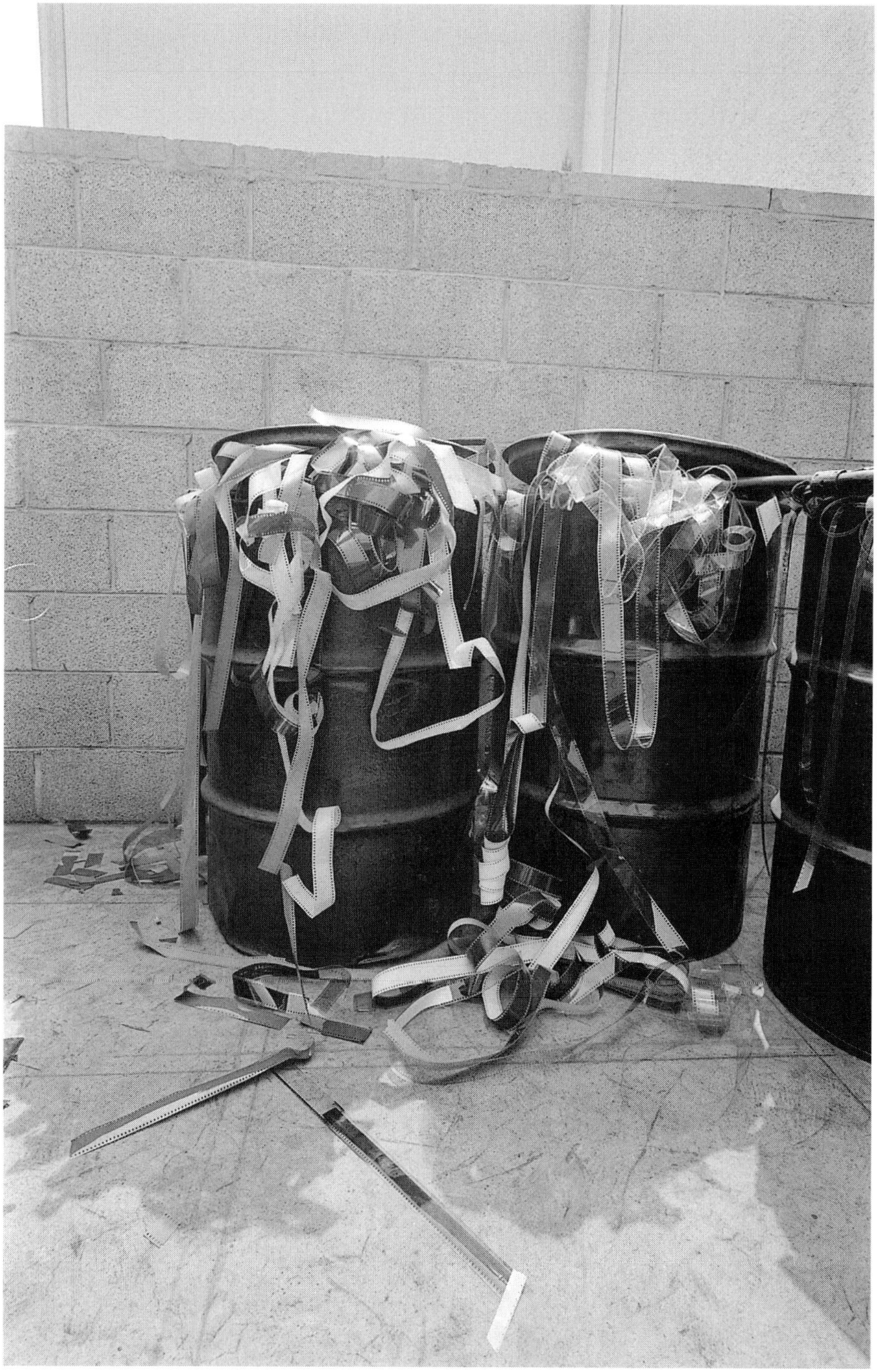

contd

as long as other stands	ほかの人たちが立っているかぎり
both will die	どちらも死ぬことだろう
at same time	同時に
each figure head	それぞれの群衆の
of each crowd	それぞれの人の顔
is capable	誰がやってもおかしくない
if he works at it	従事しているなら
of switchin crowds	人だかりを替える仕事に
at any given hourly rate an	どんな時給ででも　そして
all figures	すべての人の顔は
become one crowd	ひとつの群衆に溶け込み
when a nitemare	その時悪夢が
is hatched	孵る

7

age shall guide thee	重ねる歳がなんじを導くことだろう
for a dollar down	一ドル安へと
youth shall lead thee	若さがなんじを導くことだろう
to a dollar up	一ドル高に
darkness wears no face	暗闇に顔はなく
corruption reeks	腐敗は悪臭を放ち
clicks its heels	その踵を鳴らす
dance around in the light	照明の中で踊りながら
comes back t the shadows	影の中に戻って来る
hoppiddy	ヤクでらりって

tip toes	忍び足で
untrained but feels	未熟ながらも感じ取っている
what it's taught	教えられたことを
not t remember	思い出さないように
seals, conceals	いくつもの約束、隠し通され
reveals	明らかにされる
all at same unrestrained	すべて同じように抑制されることなく
slow motion speed	スローモーションの速度
what it	その役目は
memorizes t forget	忘れるために憶えること

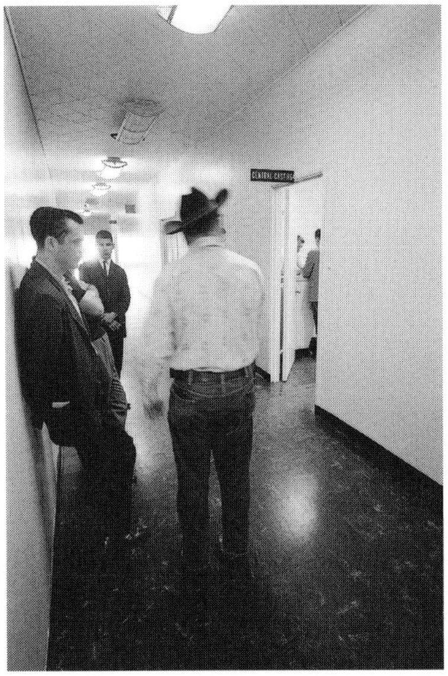

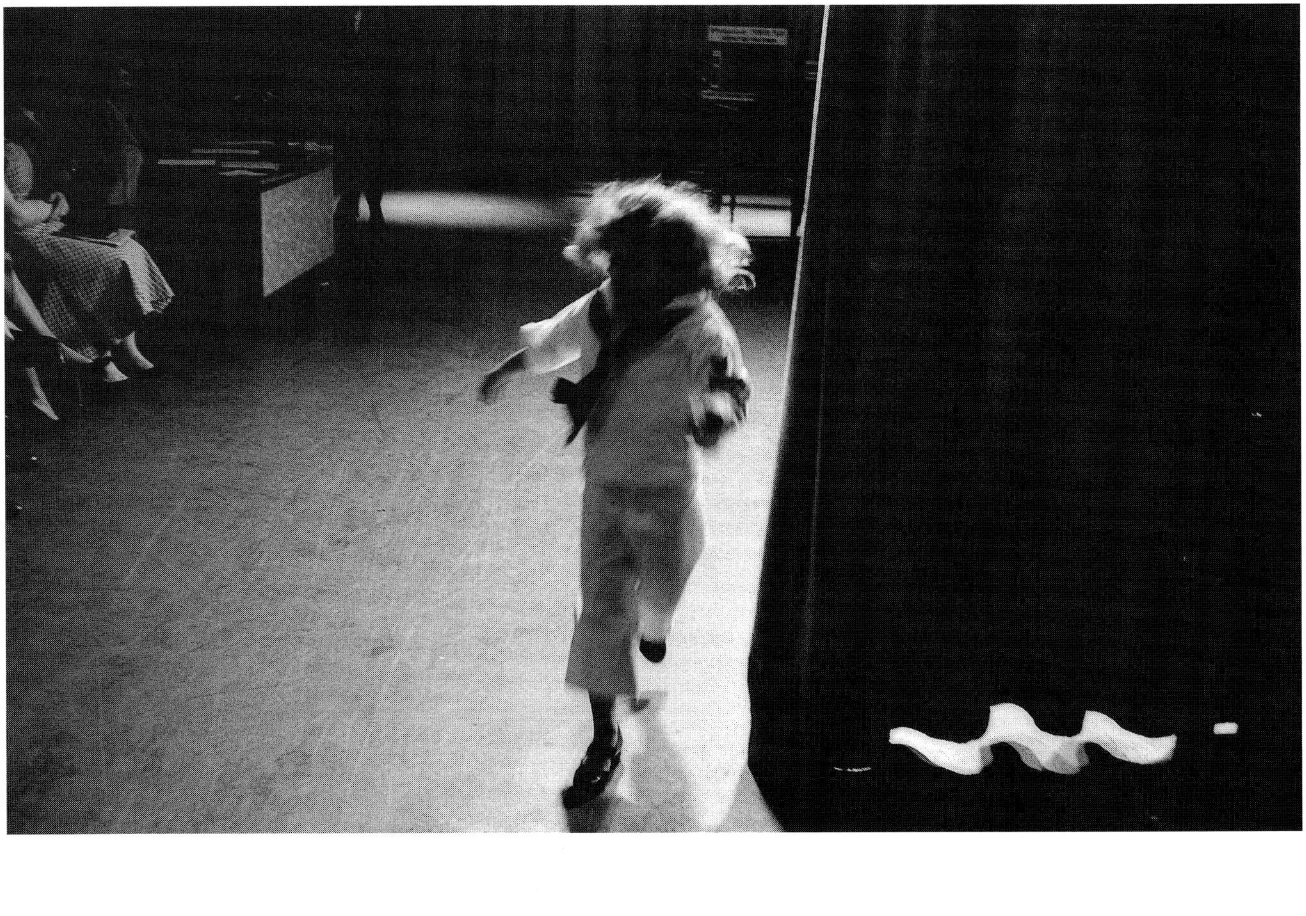

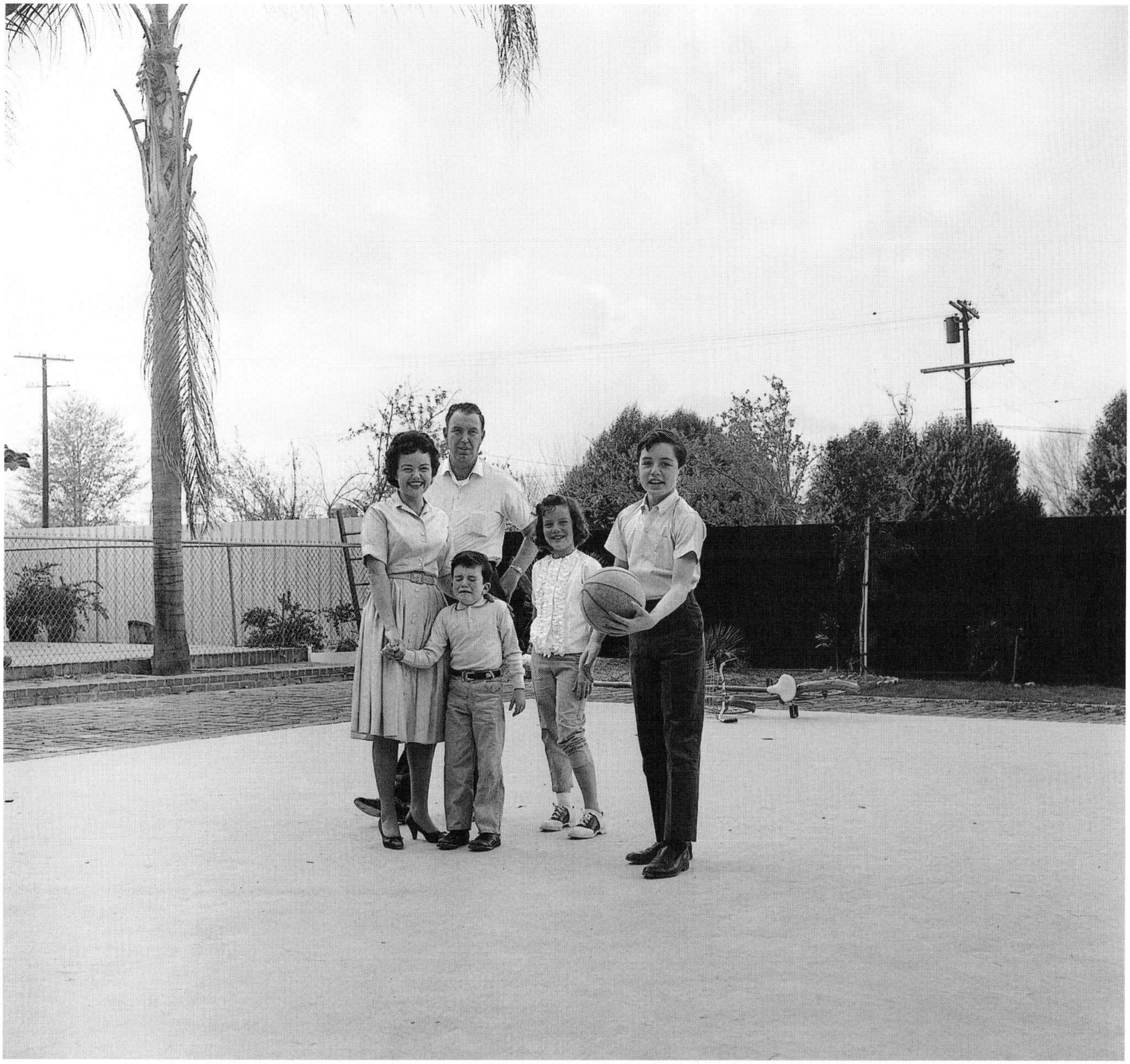

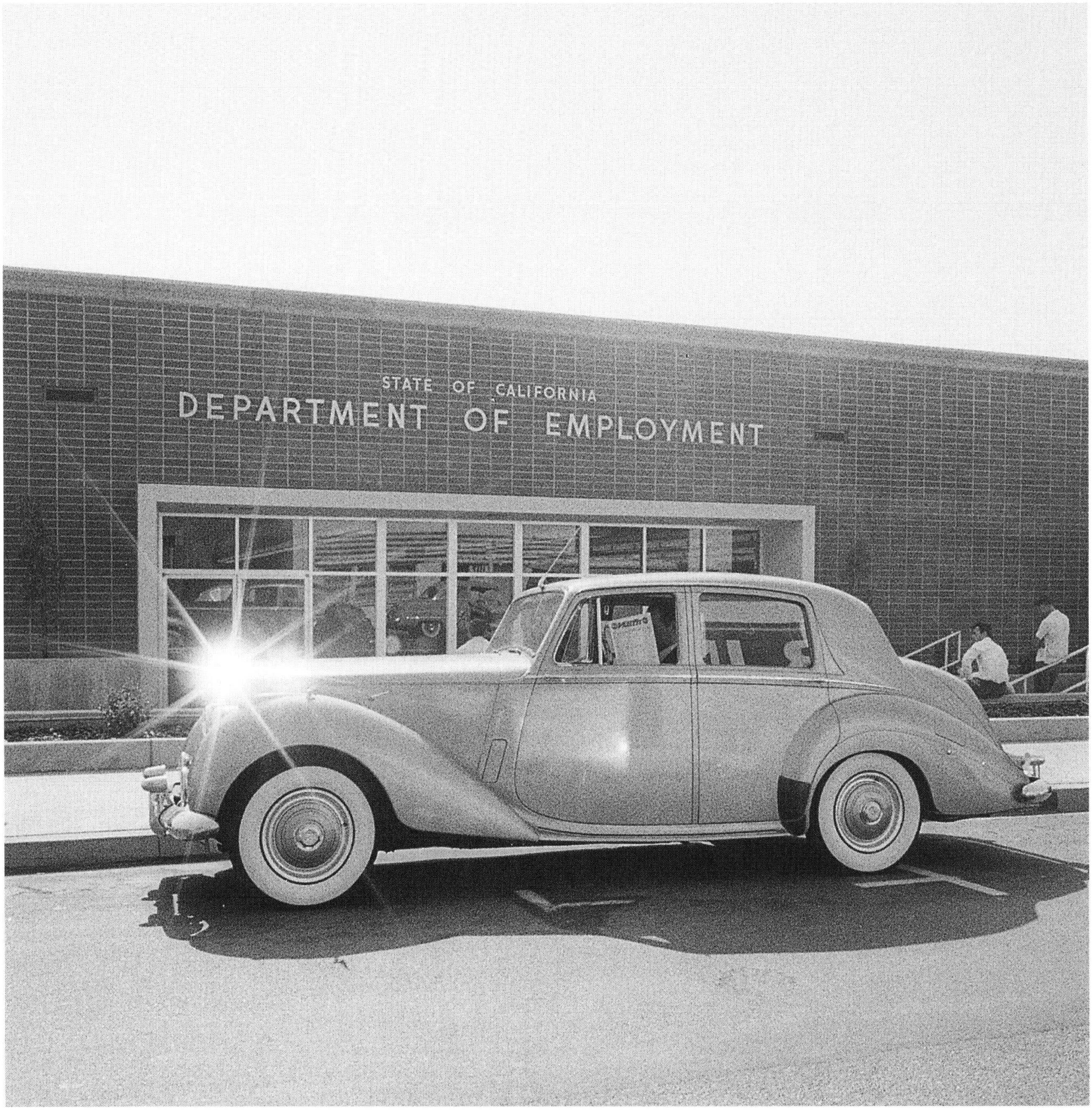
STATE OF CALIFORNIA
DEPARTMENT OF EMPLOYMENT

8

i was very sick one day

with an infection in my ear

so i went down an

grabbed some blue shield

an made it t my private hospital

as i waited in the corridors

i could tell that my doctor

was all filled up for the day

i got back in my car

but there was a strange figure

on the dashboard

as i looked closer,

it was a jeweled goose

an it shouted "gobble gobble" at me

i said

"dont you know where i'm from?"

she got mad an swore at me

i jumped out a the car

ran down the street,

lights blinding

a telephone pole blocked my path

an i suddenly came t the realization

that there was

no place t go

but up

ある日のこと耳の中が何かに感染して

ぼくはとても体調が悪くなり

一階に下りて

保険証をひっつかみ

かかりつけの病院に飛び込んだ

廊下で待っていたら

ぼくのかかりつけの医者が

その日は予約がいっぱいだということがわかり

車に引き返したところ

ダッシュボードの上に

奇妙なものがあり

近づいてよく見てみたら、

それは宝石をちりばめたガチョウで

ぼくに向かって「ガーガー」と声をあげた

ぼくは言った

「ぼくがどこの出身なのかわからないのかい？」

ガチョウは烈火の如く怒ってぼくを罵ったので

ぼくは車から飛び出し

通りをひた走り、

ライトにぼくの目は眩み

電柱がぼくの行く手を遮った

そこでぼくは突然気がついた

上にのぼる以外

行くべき場所はどこにもないことに

FLORETTA'S *Stars*
ORIGINAL D
FROM MOVIE STAR
★ ★ ★ FANTASTICA

7up
YOU LIKE IT IT LIKE

and **Debs**
IGNER APPAREL
SOCIALITES - CELEBRITIES
LOW PRICES ★★★

MEMBER
BANKAMERICARD
CHARGE ACCOUNT PLAN

36

37

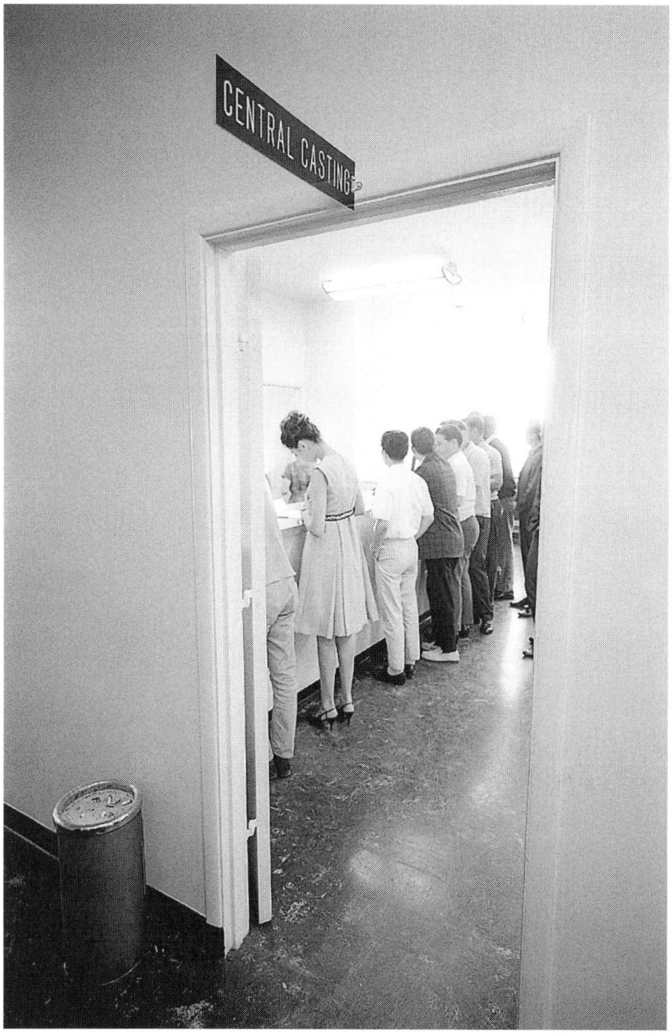
CENTRAL CASTING

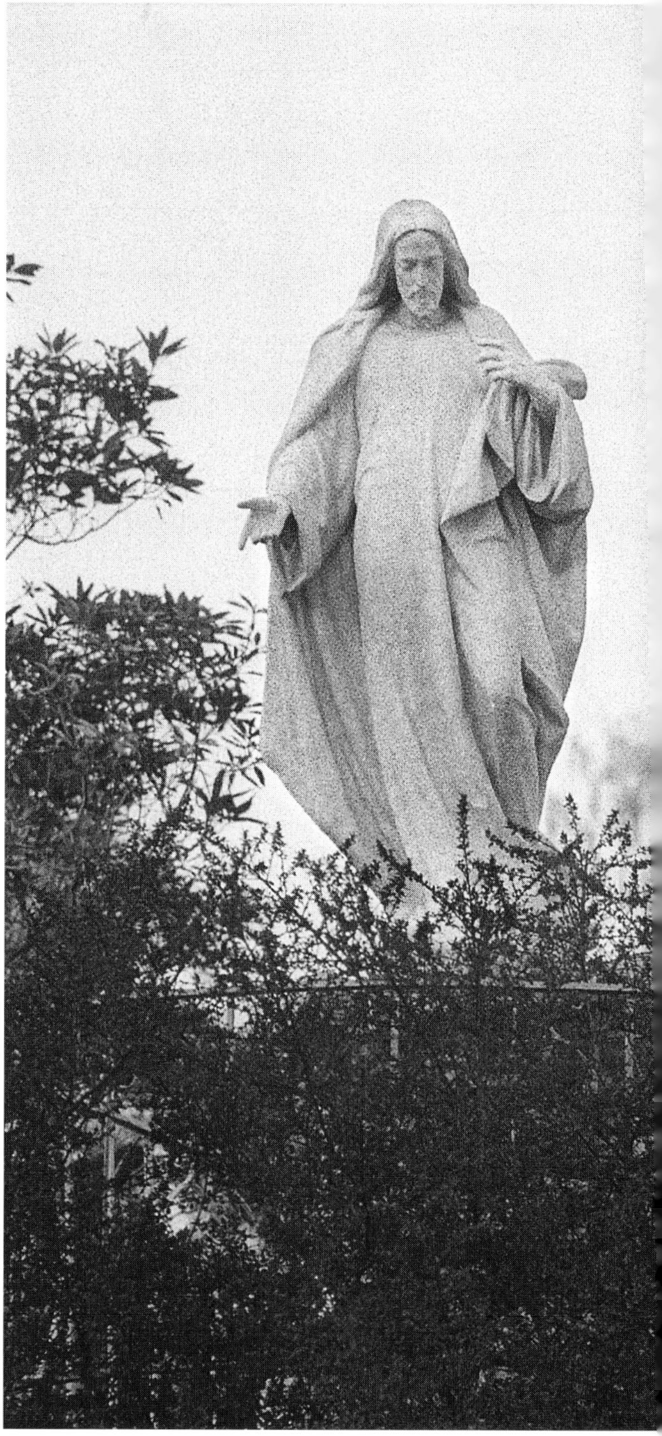

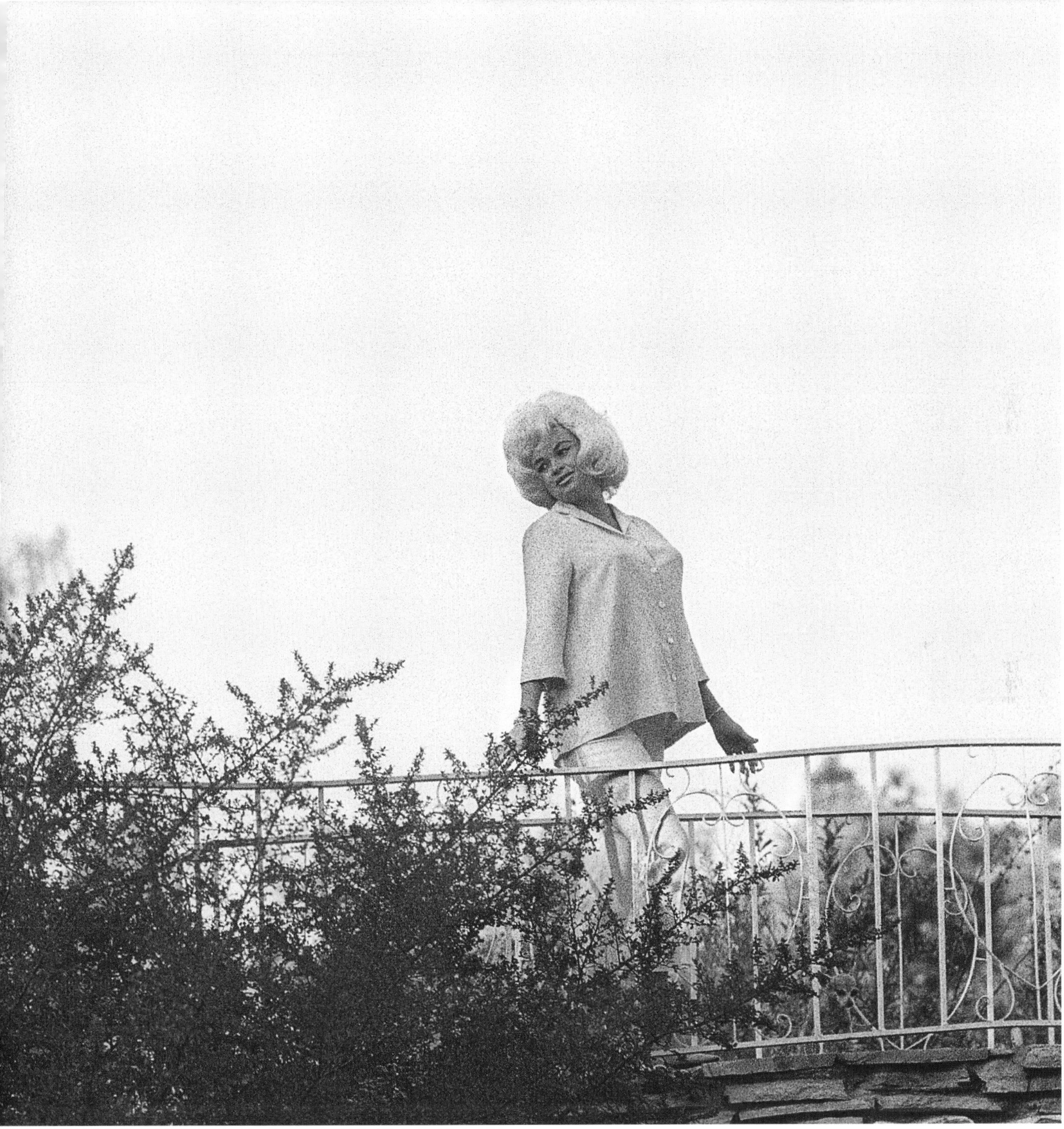

9

t be born with choice	選択の自由を持って生まれ
t be carried free	自由に生きていけるため
out of cradled touch	ゆりかごの世界から飛び出し
clothed completely	何もかもすっかり覆い隠され
in rapid change	急激な変化の中
no ties	ネクタイを締めず
suitcase	スーツケース
no chain	あまりにものその重さに
weighs arm	腕が下がってしまう
drops down	束縛の鎖もなく
needs rest	必要なのは休息
go find	さっさと見つけるがいい
if all's true that calls t you	きみに呼びかけるものがすべて真実なら
me suspended	ぼくは執行猶予の身
ok	オーケー
i'll come	ぼくは行くよ
show me how	やり方を教えて
i'll knock	ぼくはノックするよ
rap tap	とんとん
crystal door	クリスタルのドア
knobs none	ノブはない
no creaks	ギーギー軋んだりもしない
hollow inner sanctum speaks	奥のがらんどうの聖所が語りかける
keep comin	いつまでも終ることなく
right on in	どんどん続く

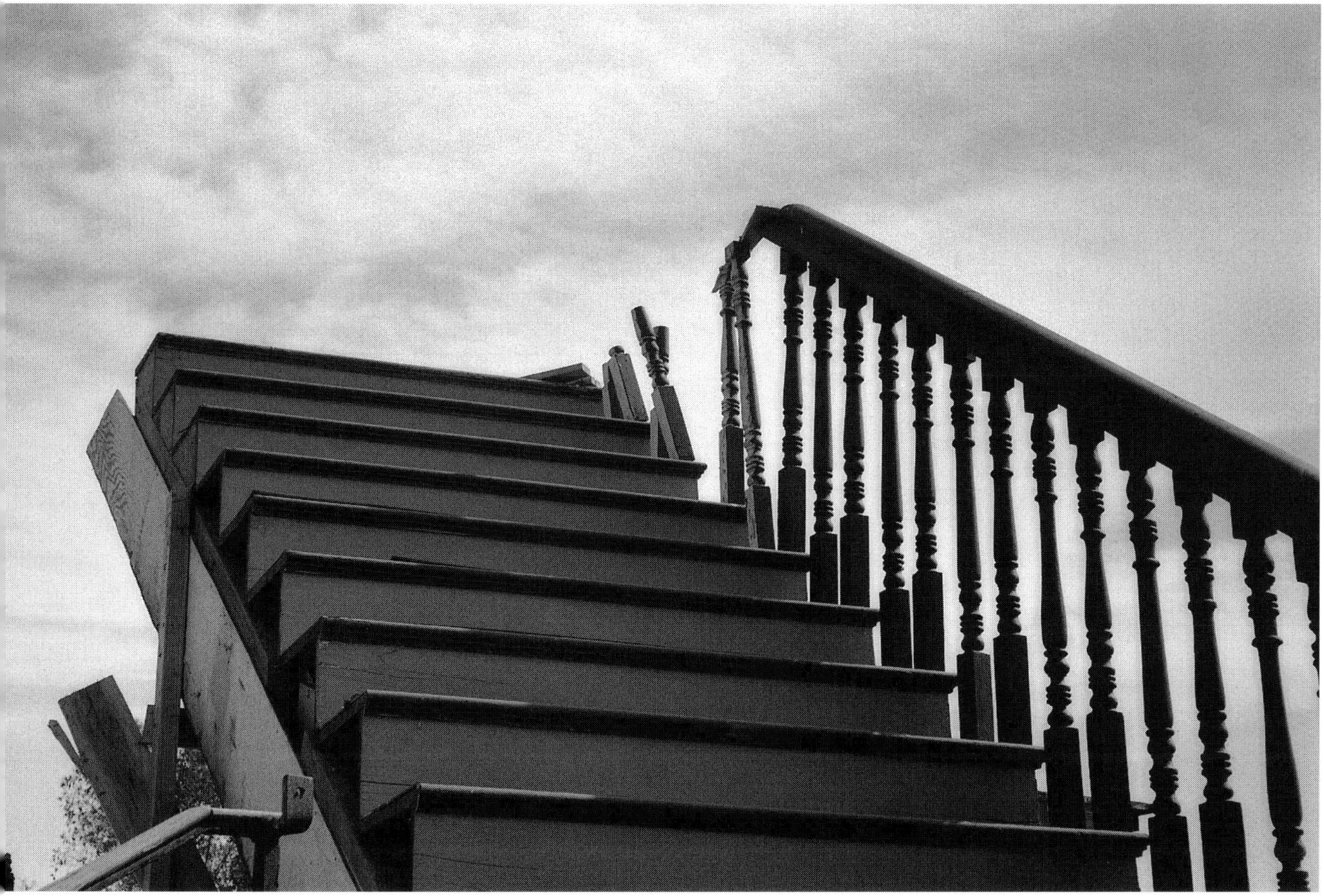

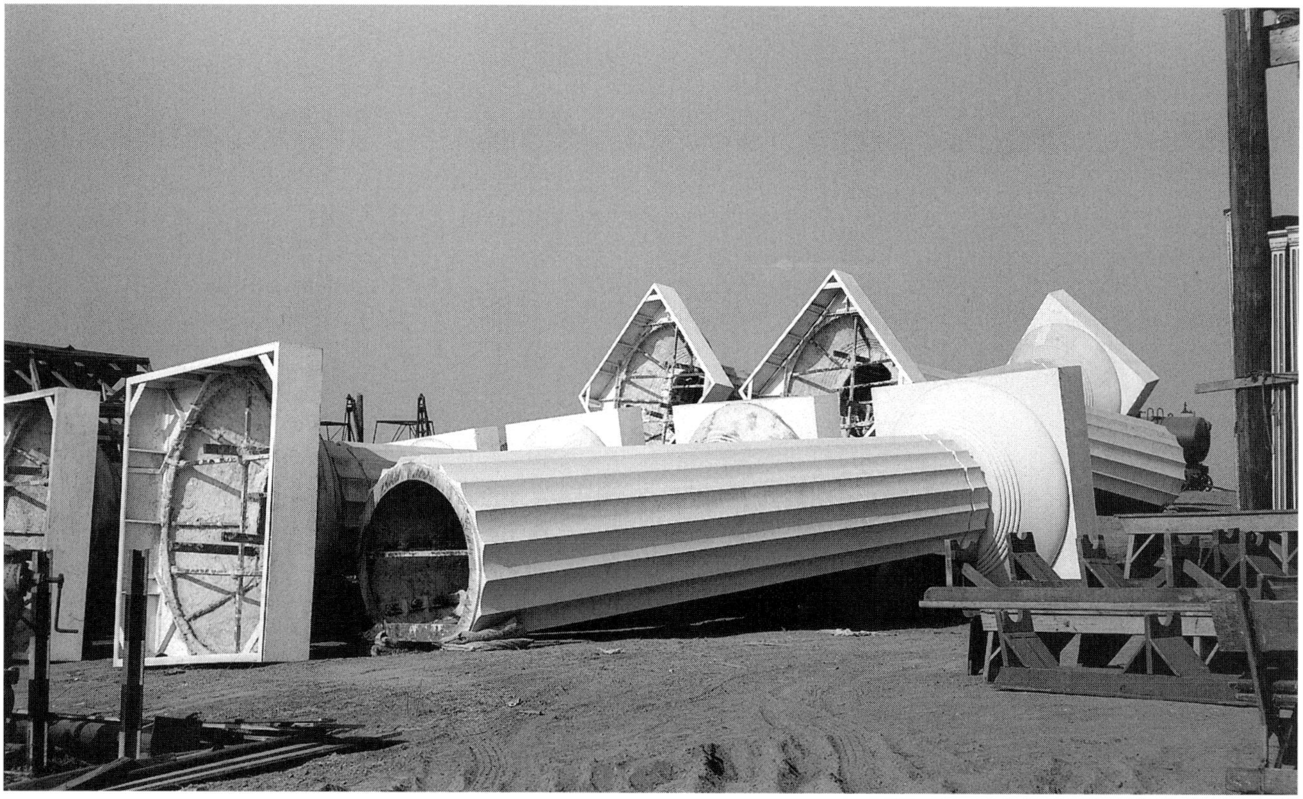

contd follow down　　　　　　　　　　付いて行き
love you　　　　　　　　　　きみを愛し
walk thru　　　　　　　　　　通り抜け
you're welcome too　　　　　　　　　　どうぞきみも
t bring pack　　　　　　　　　　荷物を持って来てください
never says　　　　　　　　　　まったくわからない
how i'll get back　　　　　　　　　　どうすれば戻れるのか
space droops lifts　　　　　　　　　　空間は下降したり上昇したり
air shifts　　　　　　　　　　風向きは変わり続け
foreign land　　　　　　　　　　異国の地
end of road is out of hand　　　　　　　　　　道の終点は手に負えず
offers now not what it gives　　　　　　　　　　今は与えられないものを差し出す
but rather dont　　　　　　　　　　でもむしろそうされない方が
get in too deep　　　　　　　　　　深みにはまる
bout what it wont　　　　　　　　　　決してしようとしないこと
laughin matters　　　　　　　　　　重要なのは笑い声
pull joints　　　　　　　　　　継ぎ目を引き抜く
t detour　　　　　　　　　　回り道しようと
sidestepped　　　　　　　　　　横に一歩寄って避け
a slave t see now　　　　　　　　　　隠されたものを見ようと
what's being kept　　　　　　　　　　今や欲望の虜となって
hands pull　　　　　　　　　　思わず手を出し
brace floor　　　　　　　　　　フロアーを支え
red light door　　　　　　　　　　紅灯の扉
grunt groan　　　　　　　　　　ブツブツブーブー
first sign　　　　　　　　　　最初の信号

contd	someone's lyin	誰かが嘘をついて
	sneak around	こそこそと卑劣な振る舞い
	garbage pile	ゴミの山
	find out	気づけば
	it's just a mile	ほんの一マイル
	feel better	ましな気分
	good t know	わかってよかった
	i'm not a quitter	ぼくは意気地なしじゃない
	sun's hot	太陽は暑く
	i'm not	ぼくは熱く燃え上がっていない
	wont cease	死にはしない
	just go	ただ進むだけ
	dont care	どうでもいいこと
	whatever it is	それが何であれ
	it's waitin there	ただそこで待っている
	on lease	リースで
	get piece	分け前に預かり
	sucked in	だまされ
	on a habit	もはや中毒
	gotta have it	手に入れずにはいられない
	promised by	娼婦に
	the prostitute	約束されて
	destroyed ruins	身の破滅
	tilt the day	その日が傾ぐ

SEE inside
MOVIE
STUDIOS
TANNER
GRAY LINE
Sightseeing
The GRAY LINE
HOLLOWAY

J. L. WARNER

ENTRANCE

14

DO NOT ENTER
WHEN RED LIGHT
IS ON

CLOSED SET
KEEP OUT
NO EXCEPTIONS

RED LIGHT
WIGWAG

STAGE 14

contd

revenge bursts	復讐の嵐
guts decay	はらわたは腐り
rats play	ネズミたちは戯れ
uppidy up	らりりまくって
jellied into gangreen	ジェリー状になって壊疽に
unseen	目には入らず
looks clean	見た目は清潔そのもの
brothers' guns	同志たちの銃
mother's sons	母から生まれた息子たち
blast credits	信用台無し
proud	自慢たらたら
own prizes	自ら獲得した賞金
pound chests	胸を叩いて
congratulations	おめでとう
proud?	誇り？
me? i'm ashamed	ぼくが？　ぼくは恥ずかしくてたまらない
ashamed t know	誰のせいなのかを知って
just who's t blame	恥ずかしくてたまらない
starving people	飢えた人々も
could eat awhile	しばらくは食べ物にありつける
on what this	この
nonsense represents	ばかげたことのおかげで
presidents	大統領たちは
dont cry	泣かない
so why should i	なのにどうしてぼくが泣かなければならないのか

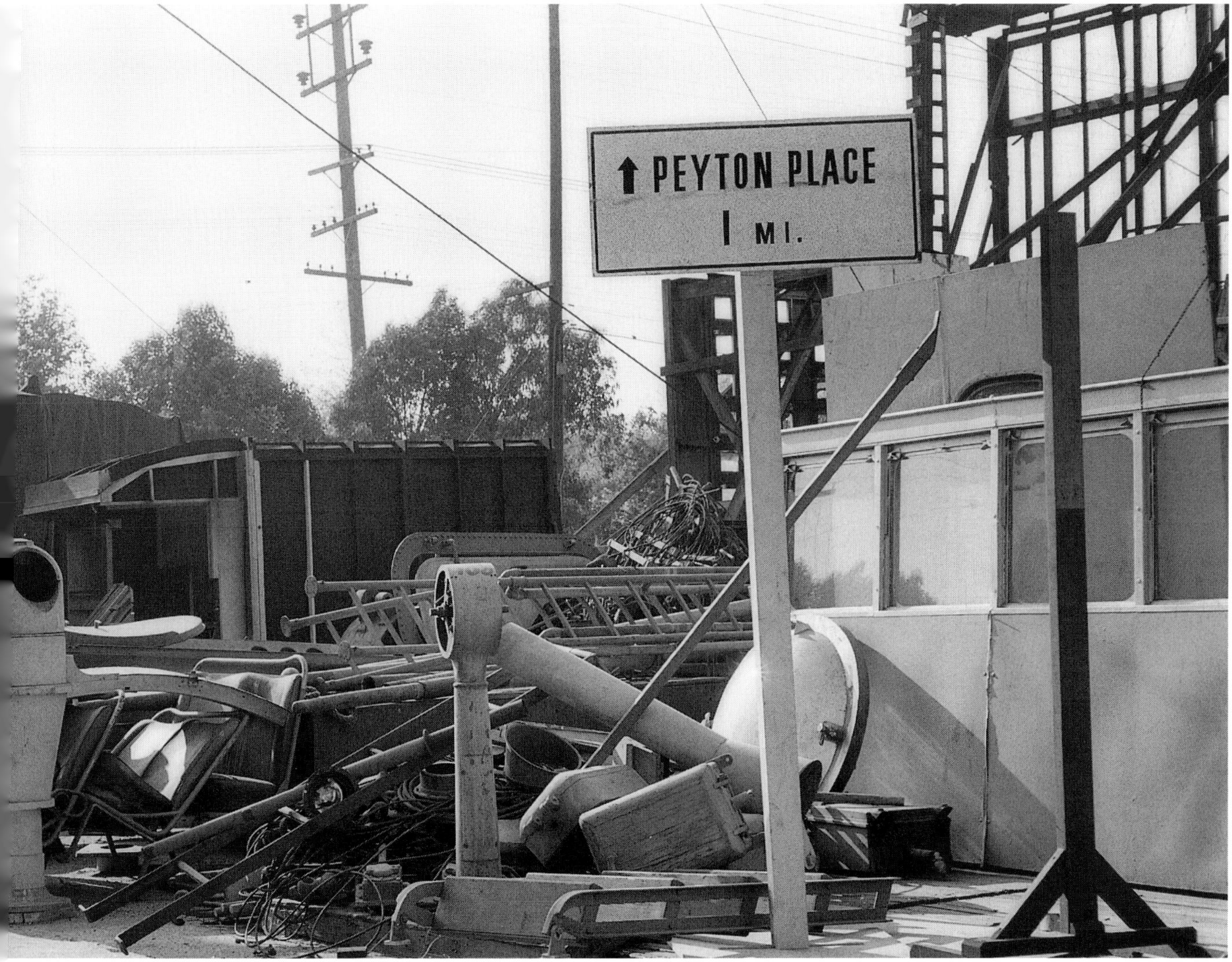
PEYTON PLACE
1 MI.

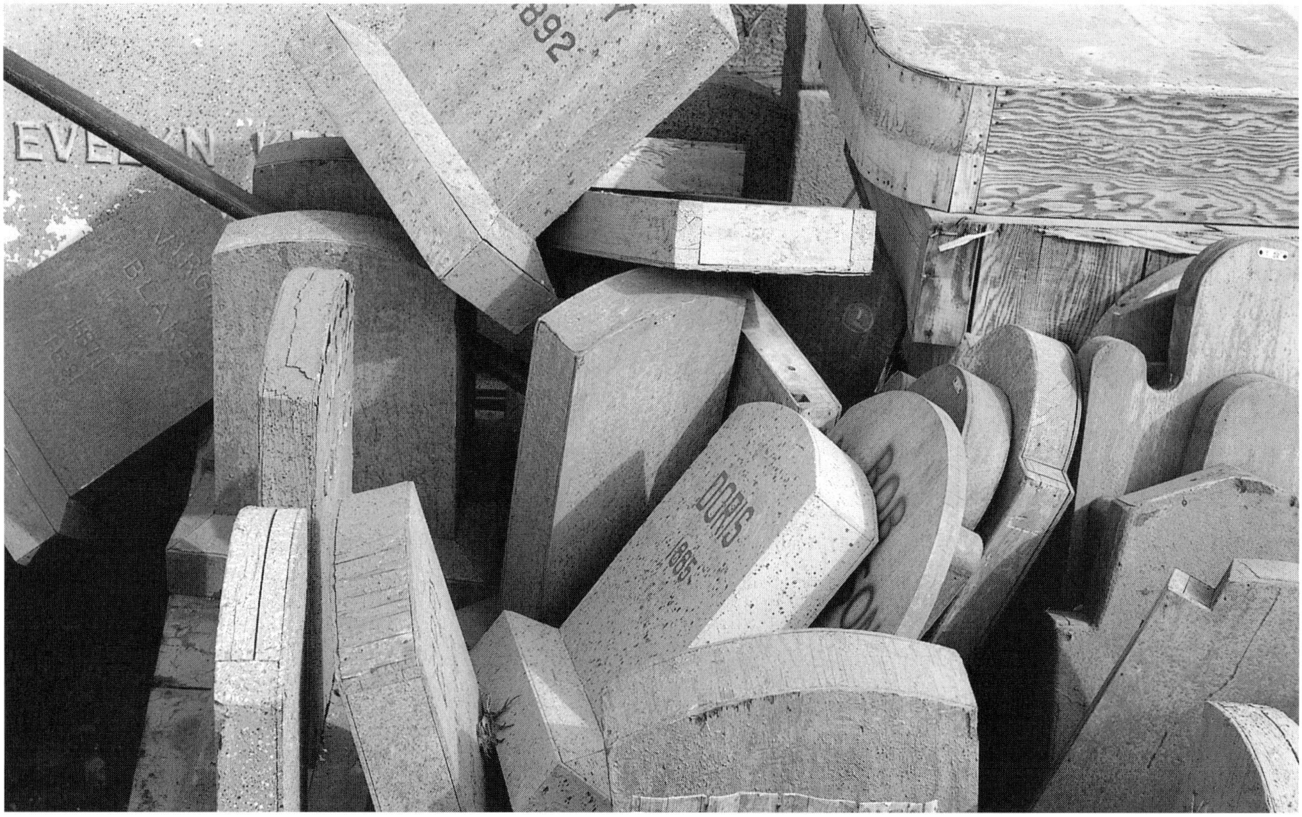
EVELYN
1892
DORIS
1865

contd	off an runnin	その場から離れて逃げる
	runner up	二着のランナー
	bound t go	行こうとしている
	bust the top	一着を引きずり降ろす
	just t find out	ただ見つけるがために
	what i'm missin	ぼくが見失っているものを
	an as morons take winks	まぬけたちがウインクをする
	seriously	真剣に
	back at the beginning	最初に戻って
	i crawl into pillars	ぼくは柱によじ上る
	double jump headstones	二枡飛びの墓石
	pretendin i know	ぼくは何ひとつ知らない
	nothin about	ふりをする
	the last	最後が
	vanishing	消え去る
	staircase climb	階段を昇る
	confident my final finish	ぼくの目に入る前に
	will see me	ぼくの最終ゴールの方が
	before i	ぼくを見つけてくれるだろうと
	see it	確信して
	nothin matters	何ひとつ問題ではない
	it could be nite	夜かもしれないし
	or it could be day	昼かもしれない
	it's hard t tell	まったくわからない

HAL ROACH STUDIOS
DEMOLITION BY
LIPSETT
DIVISION
LURIA BROS. & CO. INC.
LU. 9-6561

contd

it's hard t say	口には出せない
with any notion	何らかの見解を持って
any breath	呼吸をして
if even great	とんでもなくすごい
almighty death	死ですら
is such	遥かな旅の道行き
a long way down	だとしたら
t travel	果てしない落下
endless fall	宗教が
if religion	その真髄まで辿れるのだとしたら
rides its depths at all	そんなにも違うのなら
if it's so different	それならこの最後の誇大宣伝
then this last hype	ペテンじゃない
dodgeless	ペテンじゃない
dodgeless	かつてのはやり
once in fashion	もし天国の果実が
if the fruit of heaven's	ほんとうに実り
really ripe	もしこの旅が
if it's as long	ぼくがしてきたものと
a journey	同じほど長いのなら
as the one i	絶頂で
just went thru	手を差し伸べ
after reachin	立ち
standing	休んだ後での
resting	
at the peak	

contd at the tip's point of the peak　　　　絶頂のまさにそのてっぺんで

at the weary uncalled for peak　　　うんざりさせられる無用の絶頂で

at the top　　　　　　　　　　　　てっぺんで

at the eclipse top　　　　　　　　凋落のてっぺんで

at the uninhibited throne　　　　　誰かの

of someone's　　　　　　　　　　三重胸の王国の

triple breasted kingdom　　　　　何の束縛もない王座で

going　　　　　　　　　　　　　行ってしまう

going　　　　　　　　　　　　　行ってしまう

gone　　　　　　　　　　　　　行ってしまった

an never no more　　　　　　　そしてもう決して

returnin back　　　　　　　　　戻っては来ない

**TALENT
PARKING LOT**

STUDIO WILL NOT BE RESPONSIBLE
FOR CAR OR CONTENTS

**SPEED LIMIT
15
MILES**

10

how do you think i'd be?

i don't know miss, uh…uh what did you say your name was?

conny rainbow

uh yes miss rainbow. well i dont know

perhaps you could stop shakin your hand

how's that?

yes that's good miss rainbow

but do you think you could take it

off your nose an remove your hat an coat please.

わたしなれるかしら？
どうかなあ、お嬢さん、えーと…えー、お名前は何でしたっけ？
コニー・レインボウです
ああ、そうだったね、レインボウさん。それはわからないなあ
できたら手を揺するのをやめてもらえないかな

何だって？
ああそれはいいねレインボウさん
でもそんなことできますかね
鼻を触らないで帽子をとってコートを脱いでください。

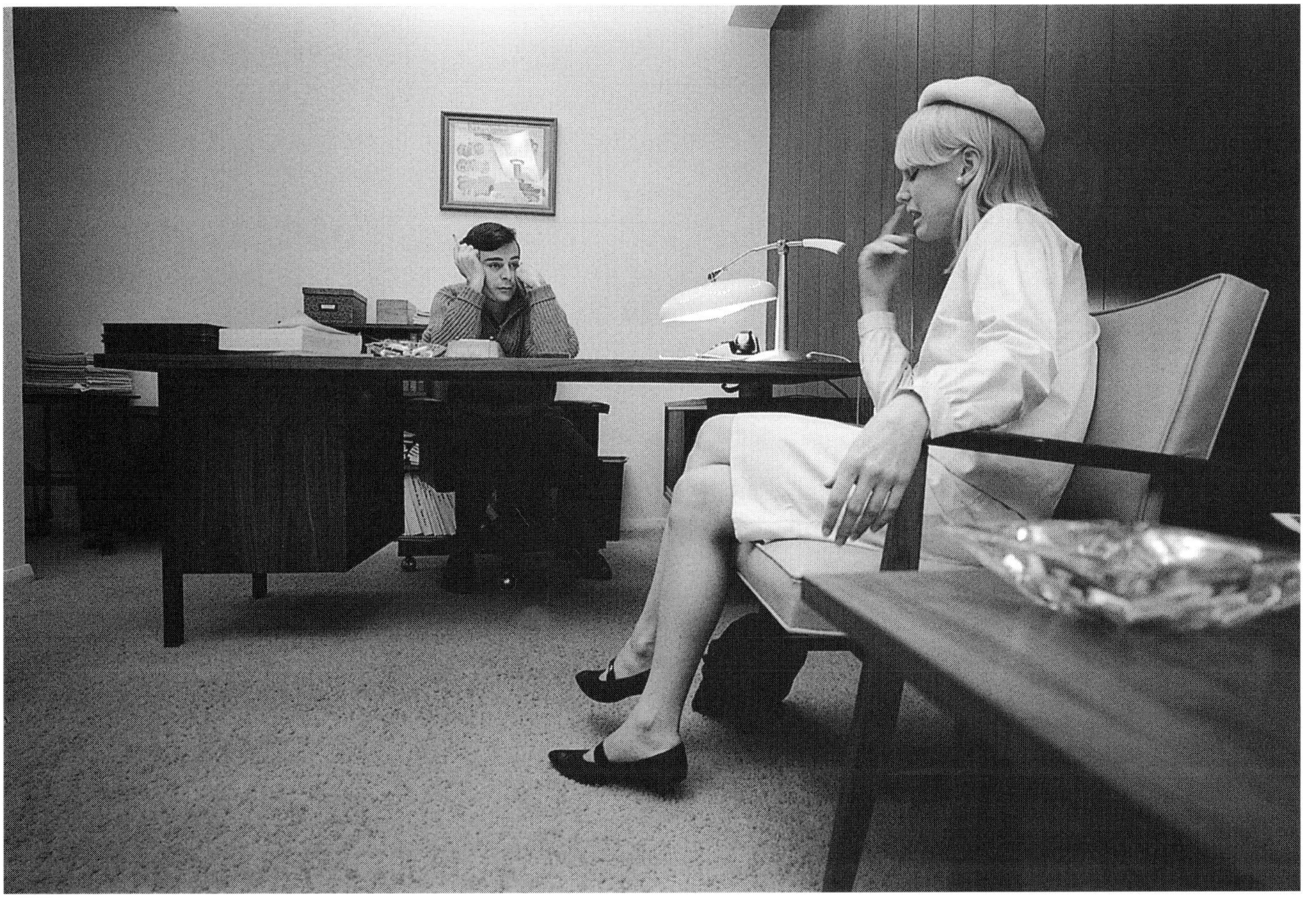

contd

surely how's this?	これならどう？
Very good miss rainbow	結構ですレインボウさん
very good indeed	ほんとうにすごくいい
but what i think i had in mind	でもわたしが考えていたのは
was a little younger type	もう少し若いタイプだったんですよ
an also a little more Ann Frankish	それにもうちょっとアンネ・フランクっぽい人をね

how's this?
Very Very good miss rainbow
you sure have talent
now let me see….

これならどうです？
すごくすごくいいですレインボウさん
才能をお持ちだ
さてと…

11

he came by the house	彼はその家に立ち寄った
he said he knew friends	彼は友だちを知っていると言った
he didnt ask many questions	彼はいろいろと質問したりはしなかった
he said he was hungry	彼は空腹だと言った
we gave him food	わたしたちは彼に食事を与えた
he talked a lot about the many of them	彼は自分の仲間のことばかり喋り
an the so few of us	わたしたちのことはほとんど喋らなかった
he said he was thirsty	彼は喉が渇いていると言った
we gave him something t drink	わたしたちは彼に飲み物をあげた
he talked ideas on world affairs	彼は世界のできごとについての考えを語った
said the race situation	人種問題に
disturbed him deeply	とても心を痛めていると言った
an spoke of europe	そしてヨーロッパのことを語り
told of a place	平和で
that was peaceful	静かで
quiet	誰にも追い回されたりしない
nobody hounds you	場所のことを教えてくれた
groovy people	かっこいい人たちばかり
can do what you want	自分のやりたいことがやれる
nobody takes notice	誰もが人のことにかまわず
good place t paint	絵を描くにはいい場所
he thanked us for everything	彼はいろいろとありがとうとわたしたちにお礼を言って
smiled politely	品よく微笑み
said if ever we needed him	自分の助けがいるときは
just let him know	ちゃんと教えてくださいと言った

contd   then took the address   そして住所を手に入れ
           said he would write   手紙を書くと言って
           he closed the door gently   彼はそっとドアを閉め
           vanished quietly   静かに姿を消した

           havent seen him since   それ以来彼には会っていない
           but right after he left   でも彼が立ち去った後すぐ
           strange things started t happen   おかしなことがいくつも起こり始めた

contd   we stare out the back windows now

          an aunt samantha asks each time she comes

          why the doorbell's disconnected

          the record played "stranger blues" when we came

          now it plays Vivaldi

          an the rolling stones

わたしたちは今裏窓をじっと見ている

そしてサマンサおばさんは来るたびに尋ねる

どうしてドアベルが断線しているの

わたしたちがやって来た時「ストレンジ・ブルース」のレコードがかかっていた

今はヴィヴァルディがかかり

それからローリング・ストーンズだ

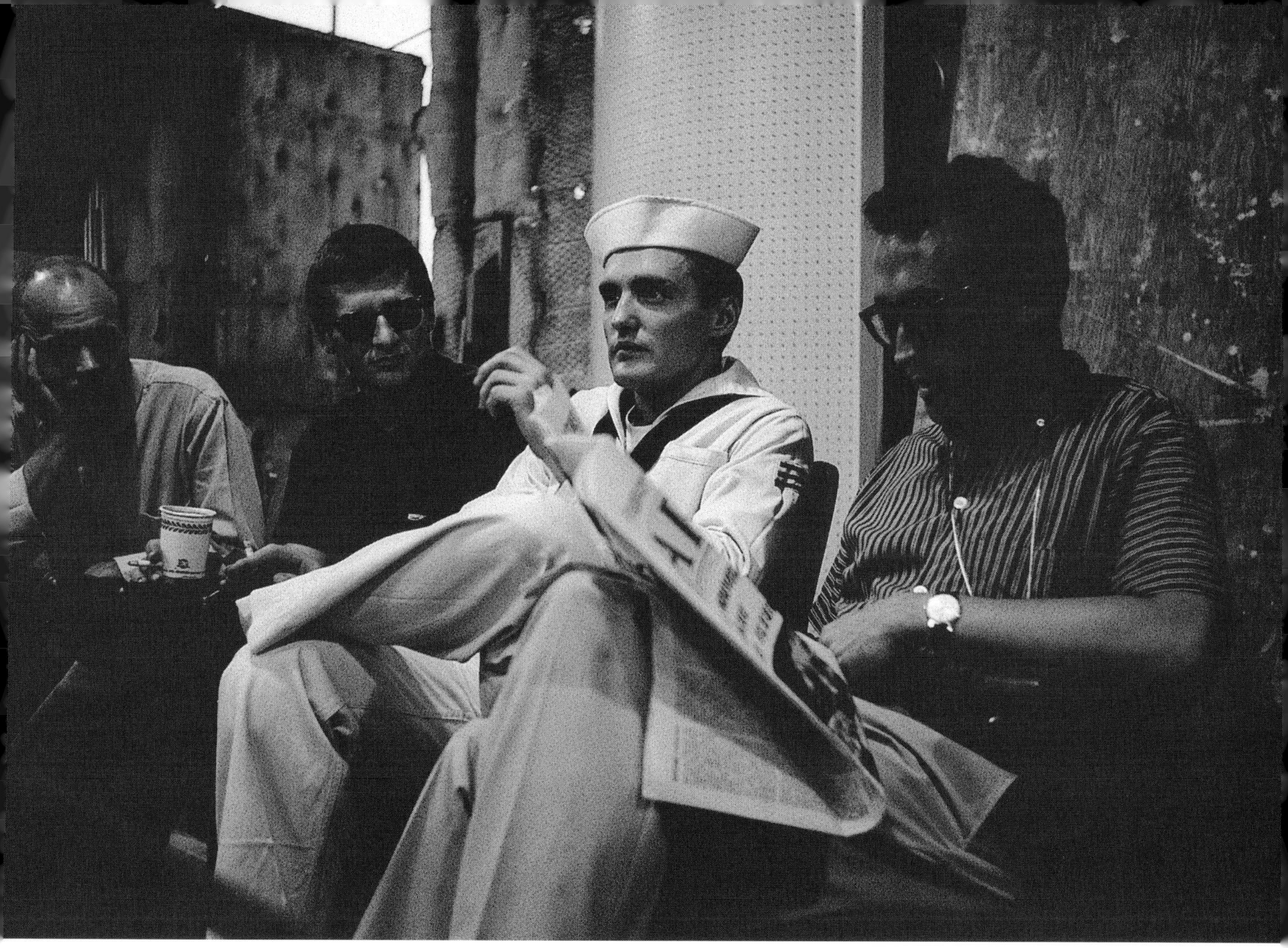

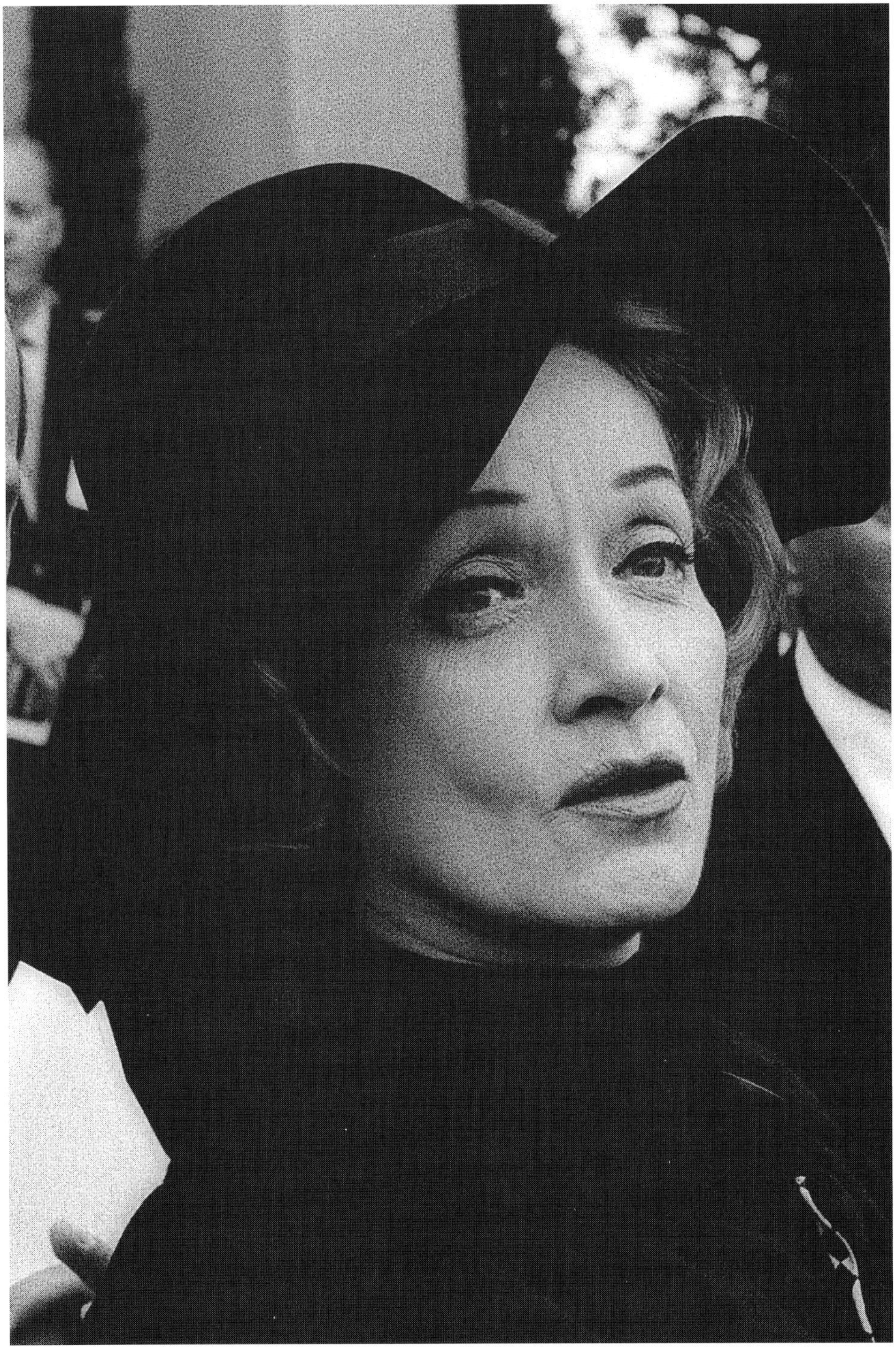

12

t dare not ask your sculpturer's name

with glance back hooked, time's hinges halt

as curiosity's doom inks beauty's claim

that sad-eyed he shall turn t salt

あなたの彫刻家の名前を敢えて聞かぬよう

ちらっと振り返った視線が繋ぎ止められ、時のちょうつがいが躊躇する

好奇心の宿命が美の要求に署名し

あの悲しい目の男は塩に変わることだろう

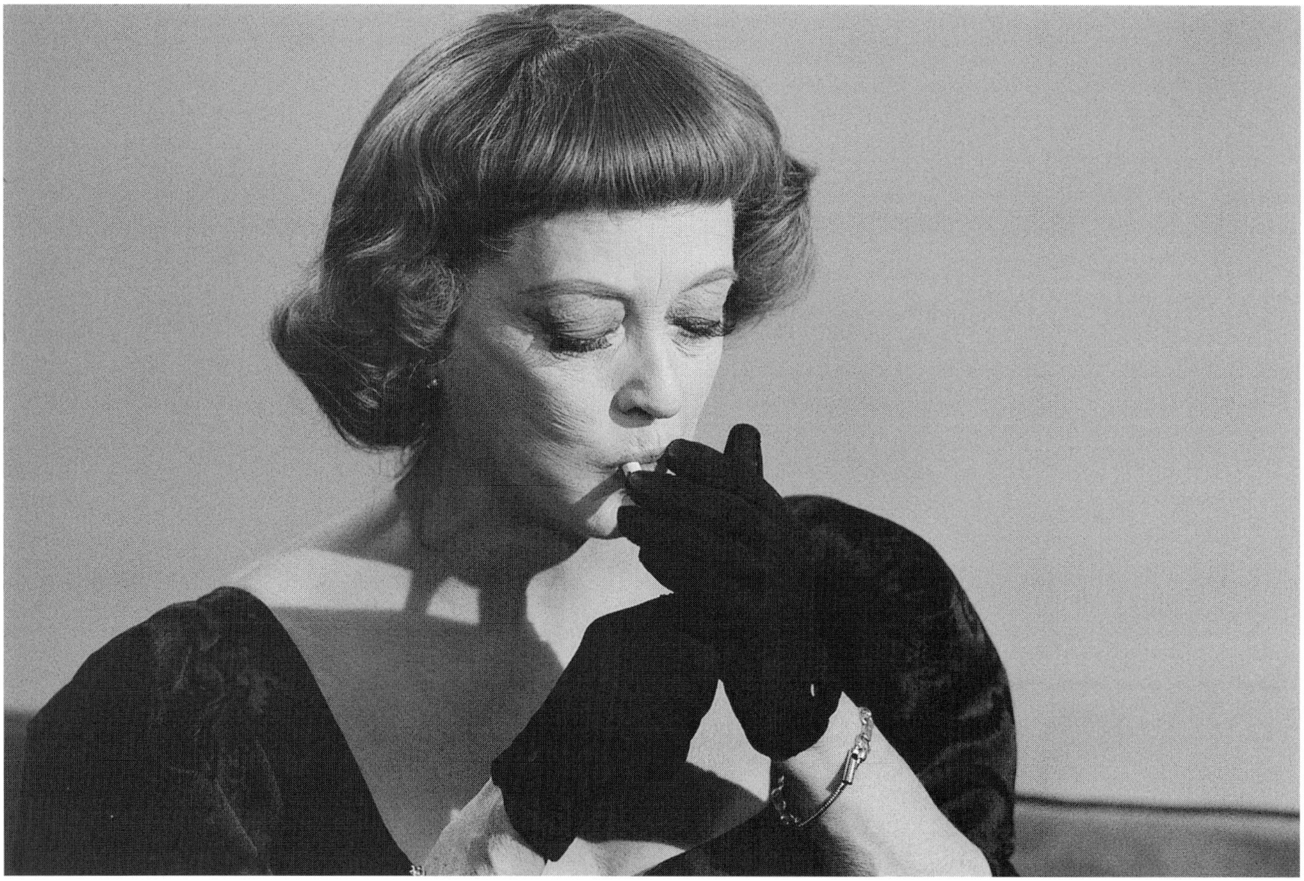

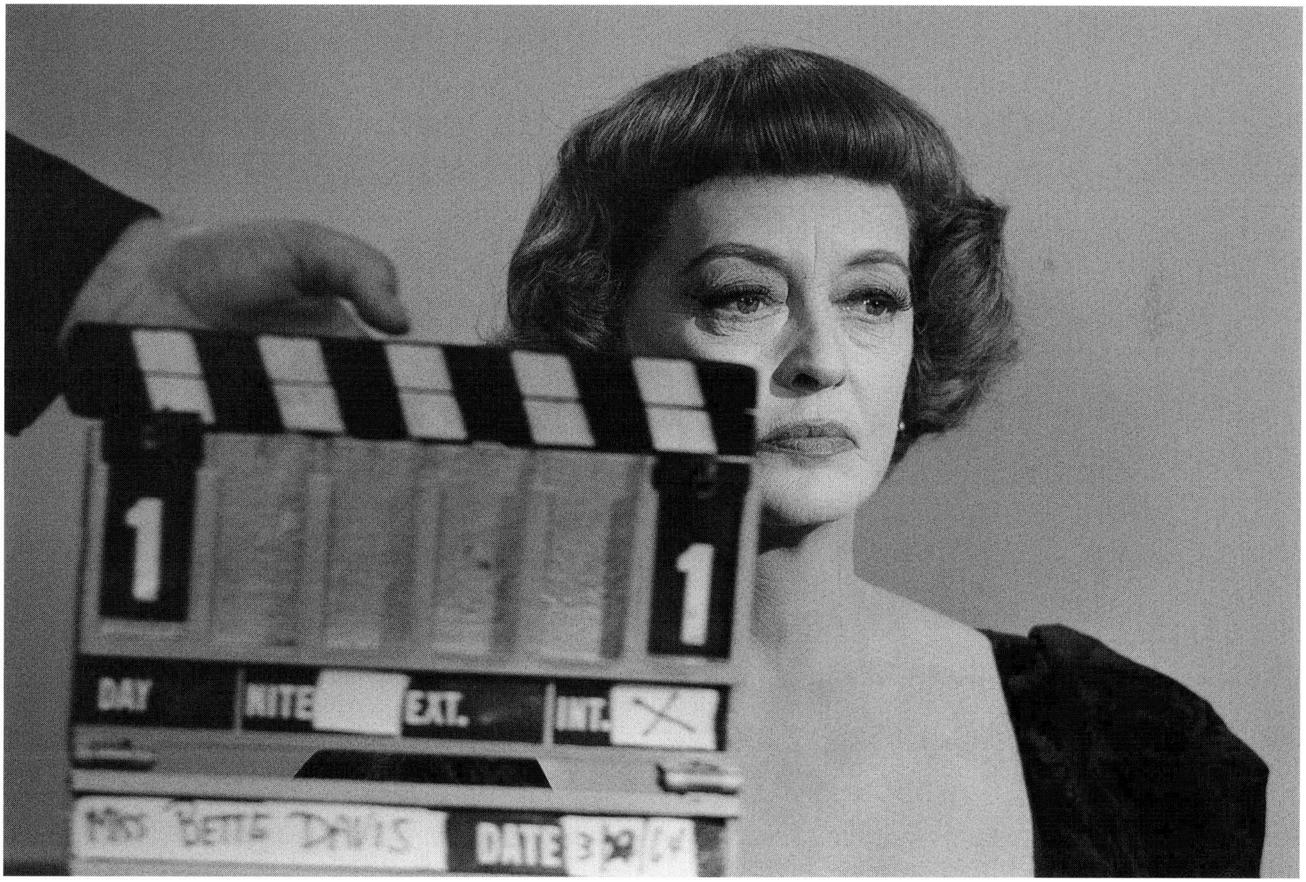
1
1
DAY
NITE
EXT.
INT.
MISS BETTE DAVIS
DATE

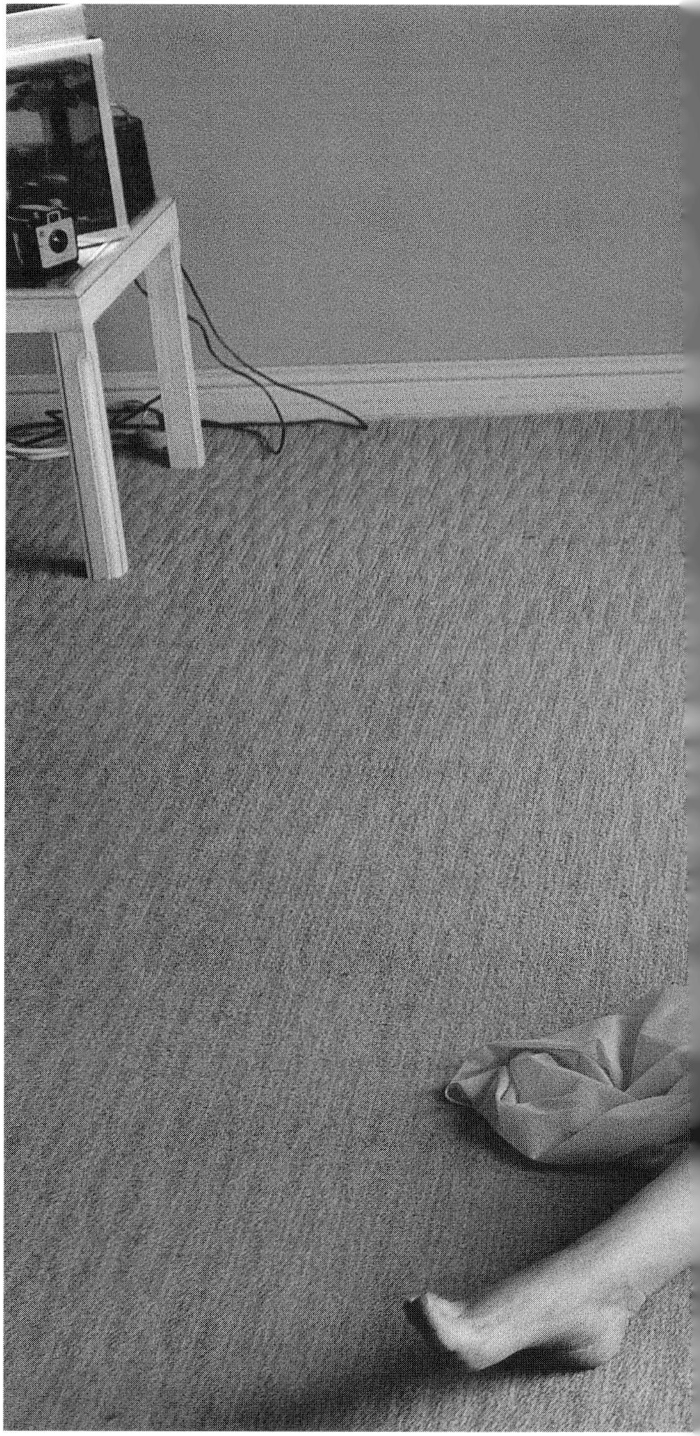

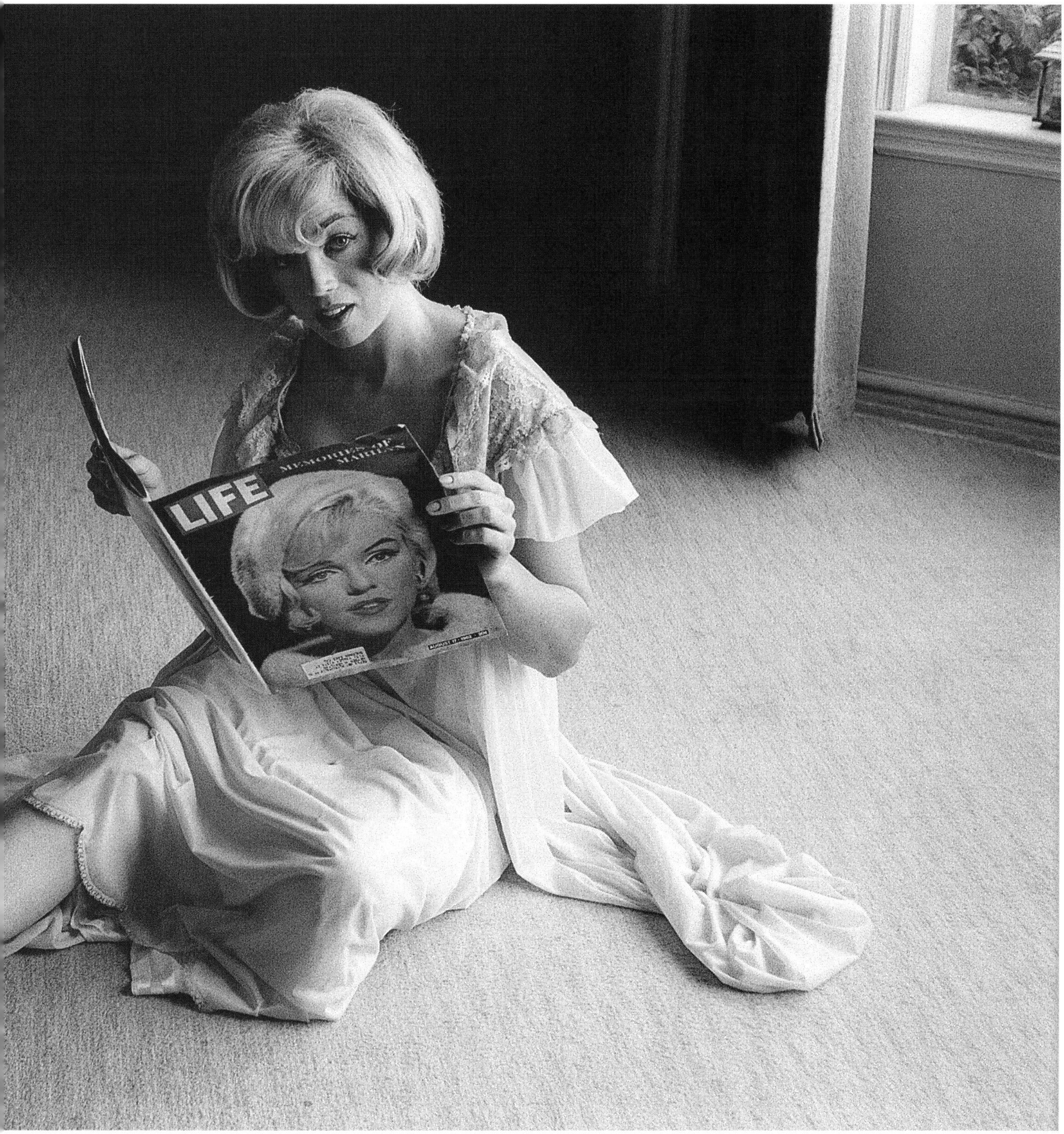
LIFE

13

voice of authority

all right now, supposin that you've just received
a telegram explainin that your husband has
been eaten by a boa constrictor after the atomic
bomb has just fallen in new jersey…now how would
you react in such an instance?

like this?

voice of authority

yes. ok. that's fine but could you show a little more
restraint please. i'd like the point t come across
that you hurt. your husband died in agony. you're
sufferin. you begin t sweat. could you
show me how you'd do this please

like this?

大家の声

ではいいですか、ニュージャージーに
原子爆弾が落ちた直後に
あなたの夫が大蛇に食われたという電報を
あなたが受け取ったとしたら…そんな場合
あなたはどんな反応をしますか？

こんなふうに？

大家の声

はい、いいでしょう。
結構ですがもうちょっと自制してもらえませんか。あなたが
傷ついたと思わせる点は気に入りました。
あなたの夫は苦しみもがきながら死んだのです。
あなたは苦痛を味わっています。あなたは汗をかき始めます。
どんなふうに汗をかくのか表現してもらえますか？

こんなふうに？

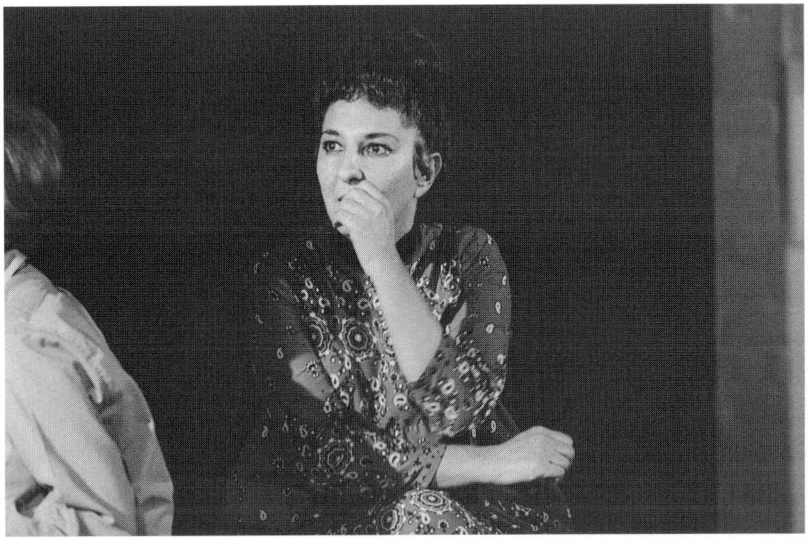

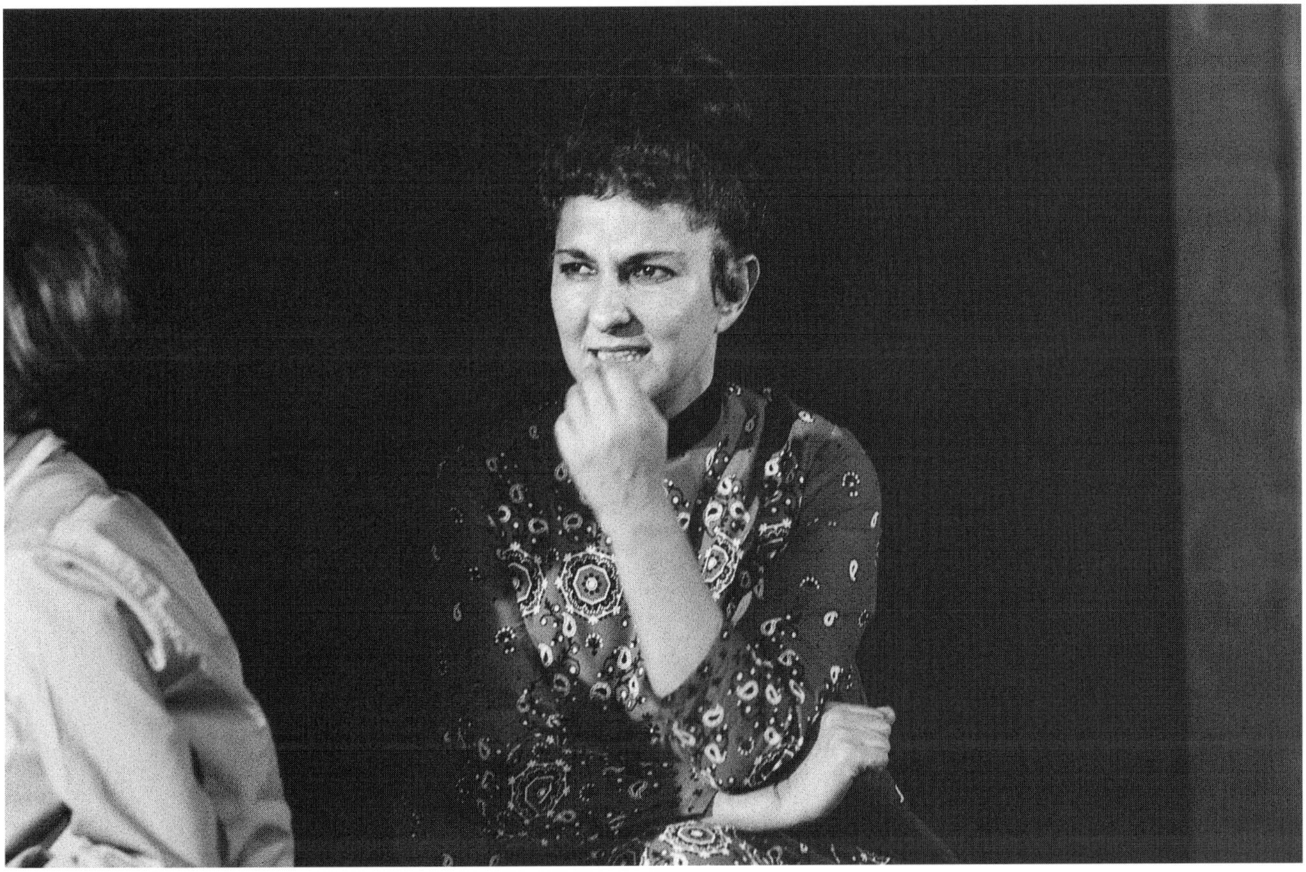

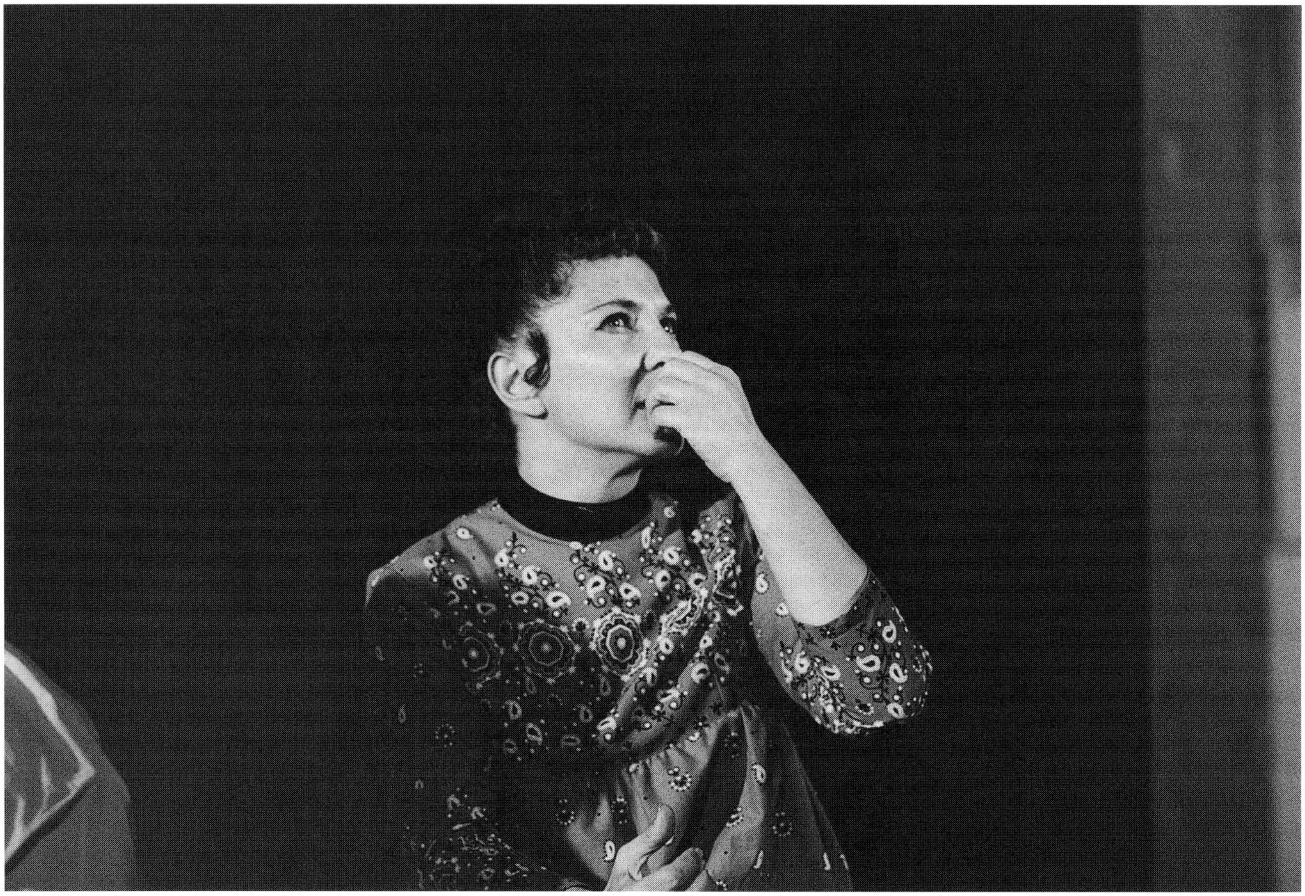

contd

fine. now supposing another telegram comes an says that
they killed the snake. that they bombed him as he was
headin for the lincoln tunnel. you're a little happier
now but still you cant get over the feeling that you
wouldve like t've done it yourself an also you're
a little perturbed over the fact that all parts of
your husband are lost. right now, you could really
use a shoulder t lean on. now i'd like t see how you'd
react in this case

like this?

yes …well ok thank you
dont call us
we'll call you

結構です。ではまた別の電報が届いたとして
そこには大蛇が殺されたと書かれています。
大蛇がリンカーン・トンネルに向かっているところを
爆撃したのです。
あなたは少しだけしあわせな気分になりましたが
復讐は自分の手でしたかったという気持ちを捨てきれず
あなたの夫が跡形もなくなってしまったという事実にひどく
心をかき乱してもいます。さて今、あなたは誰かに頼ること
ができます。こんな場合あなたはどんな反応をしますか。

こんなふうに？

はい…いいでしょう　ありがとう
連絡はしないでください
わたしたちから連絡します

"i betcha a dollar that there's something funny the matter with the president"

"something the matter with him?"

"something funny"

"why d yuh say that?"

"well look, cant you see he's pointin t something?"

"yes yes uh huh what about it?"

"yeah but his eyes're closed"

"his eyes're closed! oh my gawd! they are. well…i uh i don't see anything wrong with that. uh perhaps he's sleepin"

"sleepin!"

"yes. not so hard t figure out. everybody goes t sleep you know"

"yeah but what about his hand? what's he pointin at?"

"hummmm gee i never thought about it. pretty strange…maybe he's just dozin an you know there's probably lot of pressure on him t be doing something all the time"

「1ドル賭けてもいいけど大統領のことでちょっとおかしいよ」

「大統領のことで？」

「ちょっとおかしなことが」

「どうしてそんなこと言うんだ？」

「ほら見てごらんよ、彼は何かを指し示しているだろう？」

「ああそうだね、へえーっ、何だろう？」

「ああ、でも彼は目を閉じているんだ」

「目を閉じているって！ 何てこった！ 確かに。でも…それってだめなのかなあ。たぶん彼は眠っているのかも」

「眠っている！」

「そうだよ。理解できないことじゃない。誰だって眠るんだから」

「そうだね、でも彼の手はどういうこと？ いったい何を指し示しているんだ？」

「ふーん、おやまあ、考えてもみなかったなあ。かなり変だね…もしかして居眠りしているのかなあ、ほら、彼はあんなことしょっちゅうやっていてきっとすごいプレッシャーなんだよ」

"yeah well he's not even thinkin about anything in his head an there he is with his hand stuck out like he was givin some kind of orders about something else that he's not even pointing at t begin with…i mean like what does it take t think something funny about something?"
"well…well i wouldnt call that funny. i wouldnt call that funny at all. he's probably in that position so people wont think he's asleep"
"he's coverin up"

「まったくね、彼は頭の中では何も考えていなくて、何か別のことで何らかの命令を下していたように彼はあんな風にあそこで手を突き出しているけど、そもそも何も指し示していなかったりして…というか、いったいどうなったら何かに関しておかしいと思ったりするようになるのかな？」
「そうだな…おかしいなんて言えないよな。おかしいなんて絶対に言えないよ。彼は多分あんな立場にいるから誰も眠っていると思ったりしないんだ」
「彼はかばっているんだ」

contd   "he's dreamin"

"he's dreamin?"

"yeah an i dont see what's so funny about dreamin. lot a people dream"

"oh man, but it looks so weird"

"i dont think it looks weird. an anyway, what if he's havin a nitemare?"

"what about it"

"well then dont you think we aughta be nice t him. be quiet. show him that we care. pretend not t see him?"

"you mean get behind him. help him out"

"yeah"

"yeah but he's not doin anything"

"well what d yuh think we aughta do then?"

"we could wake him up t begin with…"

"hey hey come on come on what're you talking about?"

「彼は夢を見ているんだ」

「夢を見ているだって？」

「そうだよ、夢を見ていたってちっともおかしくないだろう。みんな夢を見るんだし」

「あらら、でもすごく奇妙だよ」

「奇妙には見えないね。とにもかくにも、彼が悪夢を見ているとしたら？」

「それはどうかな」

「それなら彼のことを悪く思っちゃいけないよな。静かに。俺たちが気にしていることを教えてやろう。見ないふりをしようか？」

「彼を応援するってことかい。手助けしろって」

「そうだよ」

「なるほど、でも彼は何もしていないよ」

「じゃあ俺たちは何をすればいい？」

「まずは彼を起こそうぜ…」

「おい、おい、何だよ、いったい何を言っているんだ？」

"what's who talkin about?"

"you! what d yuh mean wake him up? you off your nut or somethin?"

"off my nut?"

"yeah, you off your nut, he's the president you idiot."

"the president? you'd think he was some kind of movie star the way you talk about him"

"i'm just more civilized than you, that's all"

"well i think he aughta be woken up"

"how dare you"

"i think somethin's funny with him"

"you're a maniac"

"well look at him. all you gotta do is look at him"

"you're outa your mind. you're probably a cuban. Gimme the dollar"

"but look at 'm. aint cha lookin at him. cantcha see him?"

"no…no i cant. gimme the dollar"

「誰がだよ？」

「おまえさ！　彼を起こすってどういうことさ？　気でも狂っちまったのかい？」

「気が狂ったって？」

「そうさ、おまえは気が狂っているのさ、彼は大統領だぞ、この大馬鹿者め」

「大統領だって？　おまえの喋り方だと、映画スターか何かだって思っていたんだろう」

「俺はおまえよりも教養があるのさ、それだけのこと」

「彼には起きてもらわなくちゃな」

「よくもそんなことを」

「やっぱり彼ってちょっとおかしいよ」

「この狂人が」

「ほら彼を見てごらんよ。とにかく彼を見さえすればいい」

「おまえは気が変だよ。キューバ人なんじゃねえか。金をよこせ」

「でもやつを見なよ。やつを見ちゃいないのかい？　彼が見えないのかい？」

「ああ…見えないね。金をよこせ」

15

each lonesome soul	孤独な魂はみな
(on chance an not choice)	（選択ではなく偶然で）
honors moans of lost silence	失われた沈黙のうめきに敬意を表する
(locked pregnant voice)	（閉じ込められた含蓄ある声）
by freezin in kingdoms	王国で凍り付き
dejestered, unthroned	道化にされ、王座から引きずり降ろされ
weaved by the spiders	見捨てられた
who've abandoned. disboned.	蜘蛛たちに巣を張られる。骨抜きにされて。
in wombs of soft poverty	情け深い貧困の子宮の中
subprivate unblessed	半分私的に祝福されることなく
the mystics wait	神秘主義者たちは待っている
but couldnt care less	でも最小限の気遣いで
paint mist colored keyholes	霞色の鍵穴を彩る
all candles pale	キャンドルはすべて青白く
drain all lined distinction	線で付けられた区別をすべて消し去り
among man an female	男と女性たちの間で
melt down into ashes	溶けて灰となり
all shading of skin	肌の色の濃淡はすべて
breedin any saint's smile	あらゆる聖者の微笑みを生み出し
with a young orphan's grin	一人の若きみなしごのにやにや笑いと共に
swallows religion	宗教を鵜呑みにし
all attitudes	あらゆる気構えが
turns armored masked bandits	鎧兜をつけた盗賊たちを
into stark naked nudes	まったくのまる裸にしてしまう

contd   an with tinglin quiet
        touches its raped
        as the wind touches tree limbs
        the sky, no escape
        counts the dead sheep
        piles them in herbs
        into phantoms of dust
        an scatters their nerves
        back out the great pigeon hole
        beyond the divide
        with a smooth single rope
        t heal its untied
        constantly confident
        the enemy's none
        knowing well that its number
        of souls so undone
        indeed without countin
        add only t one

そしてちくちくする静けさと共に

犯された者たちに触れ

その時風は樹の大きな枝に触れ

空は、逃げ場はなく

死んだ羊の数を数え

草の葉の中に積み上げ

なきがらの幽霊となって

その気力を四散する

巨大な巣箱の外

分水嶺の彼方

一本の滑らかなロープで

縛られていない者を癒し

どんな時も自信に満ち溢れ

敵は誰もいなくて

解けた魂の数を

熟知し

まったく数えることなしに

最後は一となる

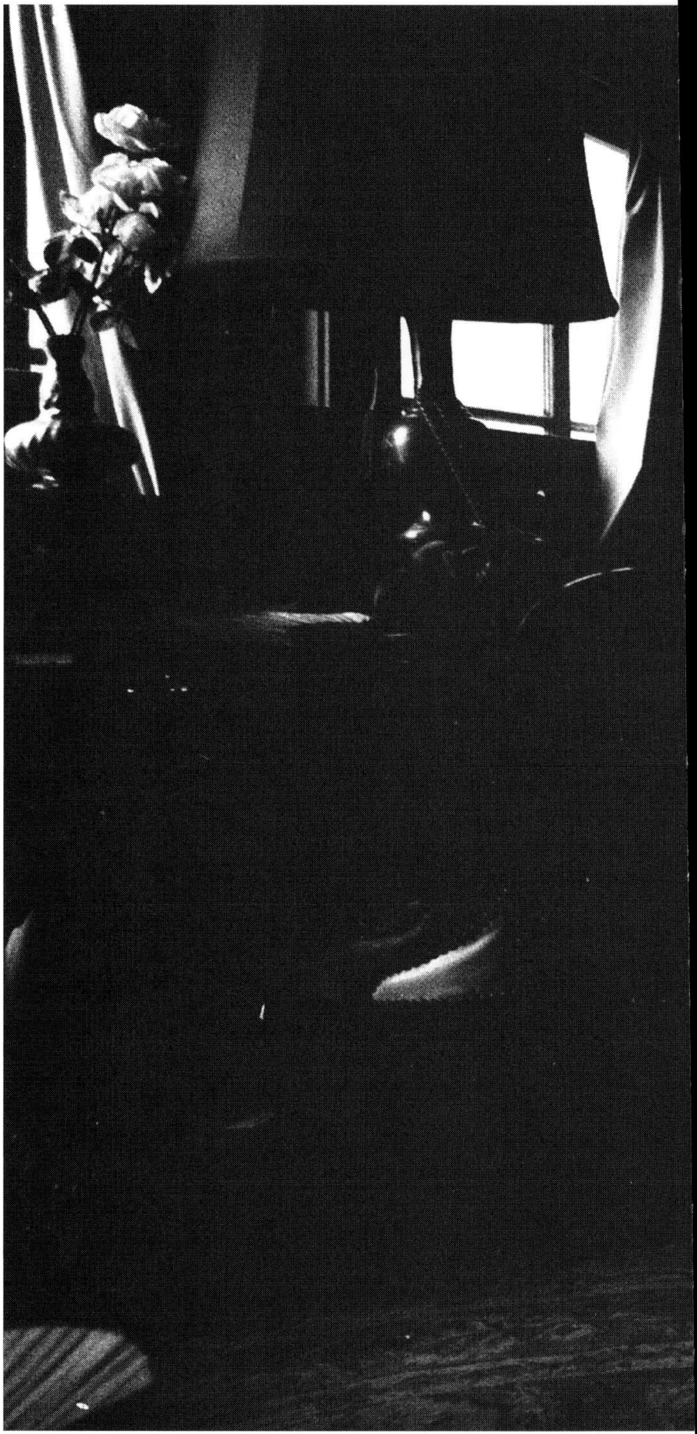

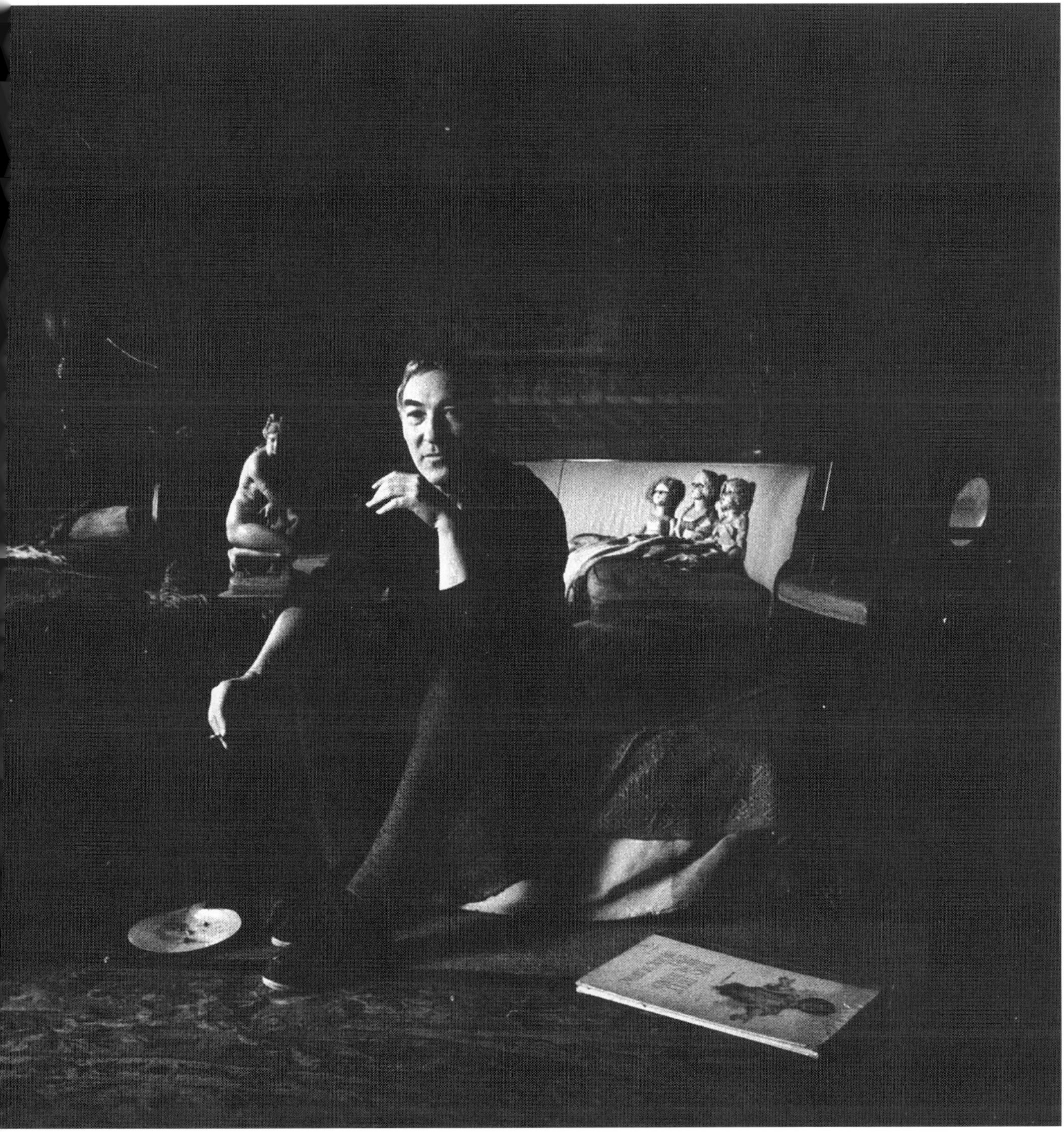

16

i found me in a box	ぼくは箱の中にぼくを見つけた
ripped it open	箱を乱暴に開けて
put myself on	ぼくを身につけた
everyone else	ほかの誰もが
did the same	同じことをしていた
i could see them all	ぼくはみんなが見えたし
i could peg them all	ぼくはみんなを判断することができた
just by the sight	それぞれの箱に書かれた
of their box's name	名前を見るだけで
until one day	ところがある日のこと
i abruptly discovered	ぼくは突然気づいた
that all of them	彼らもみんな
could do the same	同じことができるのだと
"i think we're foolin	「ぼくらお互いに
each other" said me	だまし合っているみたいだよ」とぼくは言った
"why dont we take off	「みんな服を脱いで
our clothes an see?"	確かめてみようじゃないか?」
lots listened	たいていの者が耳を傾けてくれ
some applauded	中には拍手喝采する者もいて
all talked	みんな喋り合っていた
one day i came back	ある日ぼくは帰って来て
an found the word	ぼくの箱に
idiot scrawled across	ばかという言葉が
my box	落書きされているのを見つけた
my feelings were hurt	ぼくは傷ついた

HORSE HAIR
CHIFFONS- CHINA-SILK NUDE COLORS
ELASTIC YDS.
CORSET-CINCHER PIECES-FROM-BRAS.
BRAS
BRAS
SATINS
FILE PIECES
JULIE ANDREWS
KIM NOVACK
CYD CHARISE
KELLY
LUCILLE BALL
FRAGILE
HANDLE WITH CARE

contd	i close my eyes	ぼくは目を閉じ
	got lost	茫然自失で
	dove into cardboard	段ボールの中に飛び込み
	drowned into paper	紙の中に滑り込んだ
	watchin wrappings	包装紙の目撃者たち
	whirlin by	ぐるぐる回って
	up an down	上に下に
	in an out	中に外に
	til i found myself	気がつくとぼくは
	with the rest	残りの
	of the dummies	マネキン人形と一緒
	who also know	マネキン人形たちも知っている
	if nothin else	いずれにしても
	that nakedness	むきだしの裸が
	cannot be covered	名前をつけられたところで
	by a name	隠されたりしないのだとしたら
	an we hardly ever	そしてぼくらは
	have t speak	話す必要はほとんどない
	for we dont	なぜなら
	call	ぼくらはお互いを
	each other anything	何かで呼んだりしないのだから

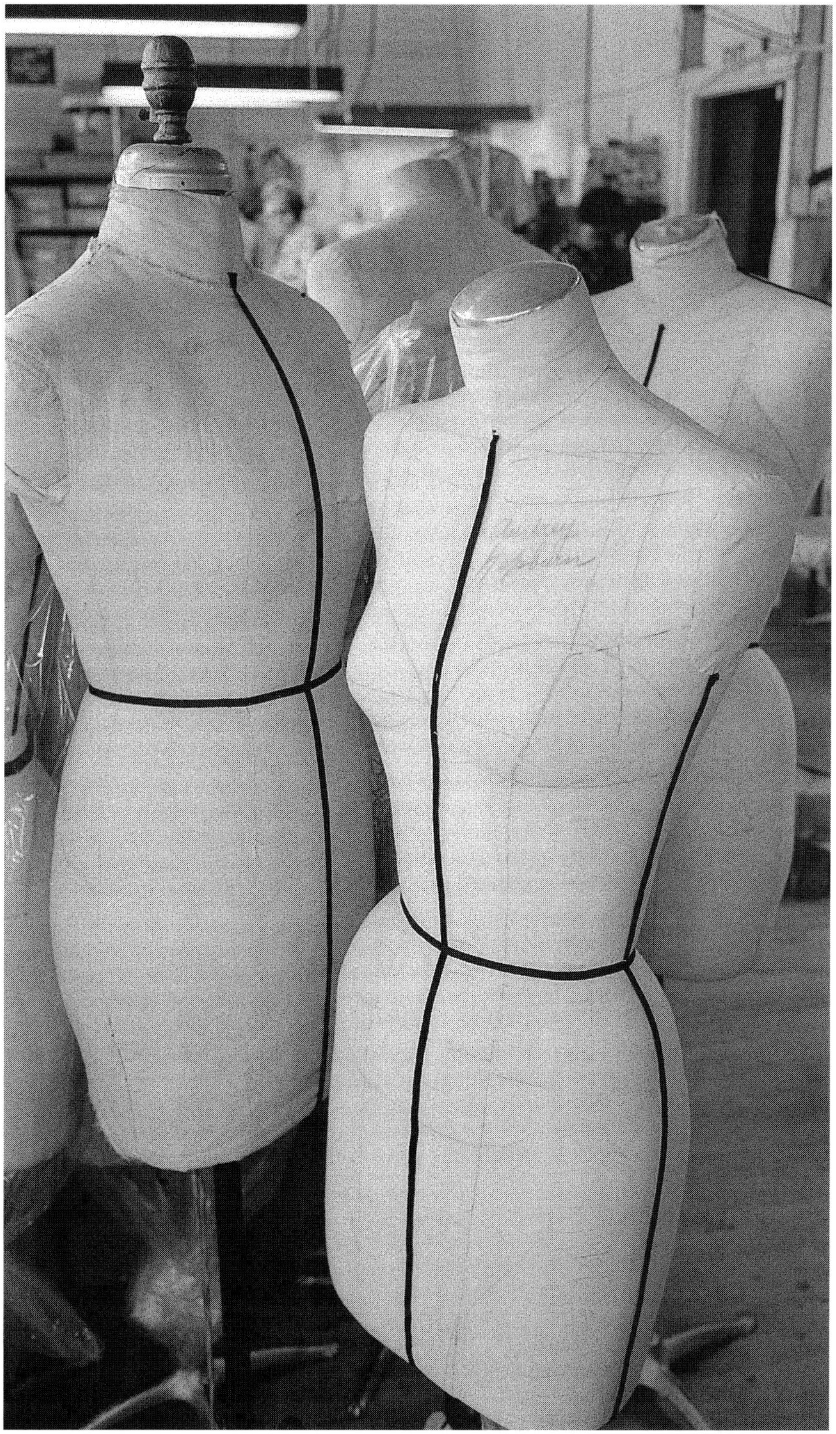

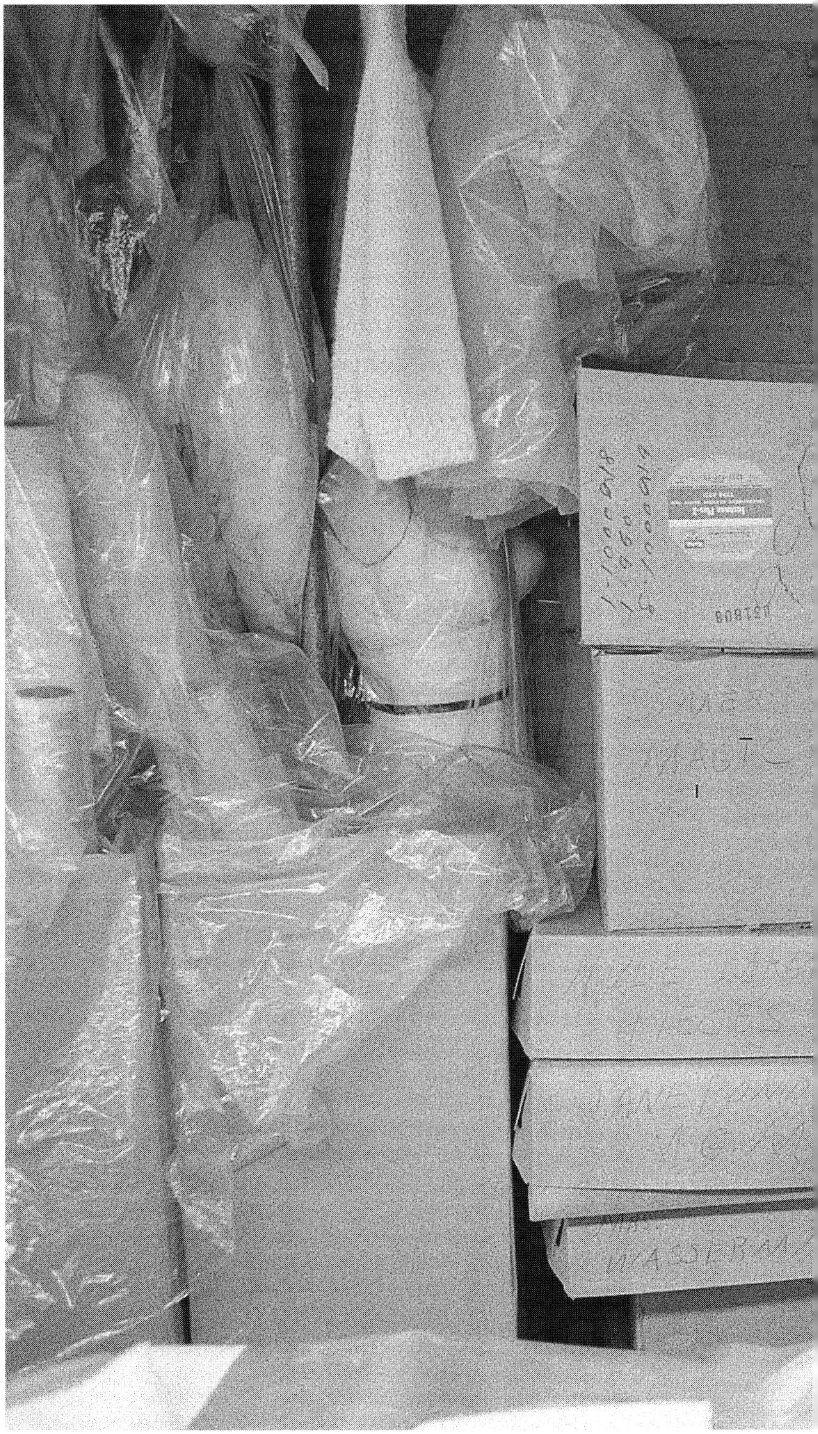

FRED'S BEST
california citrus

TIPPI HEDREN

ZENDA OPERA

SHIRLEY MACLAINE

BARRIE CHASE

SHIRLEY MACLAINE

EDIE ADAMS

JANE FONDA

17

after crashin the sportscar	スポーツカーを
into the chandelier	シャンデリアに激突させた後
i ran out t the phone booth	ぼくは電話ボックスに飛び込み
made a call t my wife. she wasnt home.	妻に電話をかけた。妻は留守だった。
i panicked. i called up my best friend	ぼくはパニックになった。いちばんの親友に電話をかけたが
but the line was busy	話し中だった
then i went t a party but couldnt find a chair	それからぼくはあるパーティに出かけたが椅子が見つけられず
somebody wiped their feet on me	誰かがぼくに足をこすりつけてふいた
so i decided t leave	そこでぼくは立ち去ることに決めた
i felt awful. my mouth was puckered.	最悪の気分だった。ぼくの口はすぼまっていた。
arms were stickin thru my neck	両腕は首に突き刺さり
my stomach was stuffed an bloated	お腹はいっぱいでふくれあがっていた
dogs licked my face	犬たちがぼくの顔を舐め
people stared at me an said	みんながぼくをじっと見つめて言った
"what's wrong with you?"	「具合が悪いのかい？」
passin two successful friends of mine	出世した友人が二人通りかかったので
i stopped t talk.	ぼくは喋るのをやめた。
they knew i was feelin bad	ぼくの気分が悪いことがわかり
an gave me some pills	彼らはぼくに薬をくれた
i went home an began writin	ぼくは家に帰って自殺の遺書を
a suicide note	書き始めた
it was then that i saw	その時だ　ぼくが見たのは
that crowd comin down	集団が通りを
the street	やって来るのを
i really have nothing	ぼくはマーロン・ブランドに
against	悪意など
marlon brando	まったく抱いていない

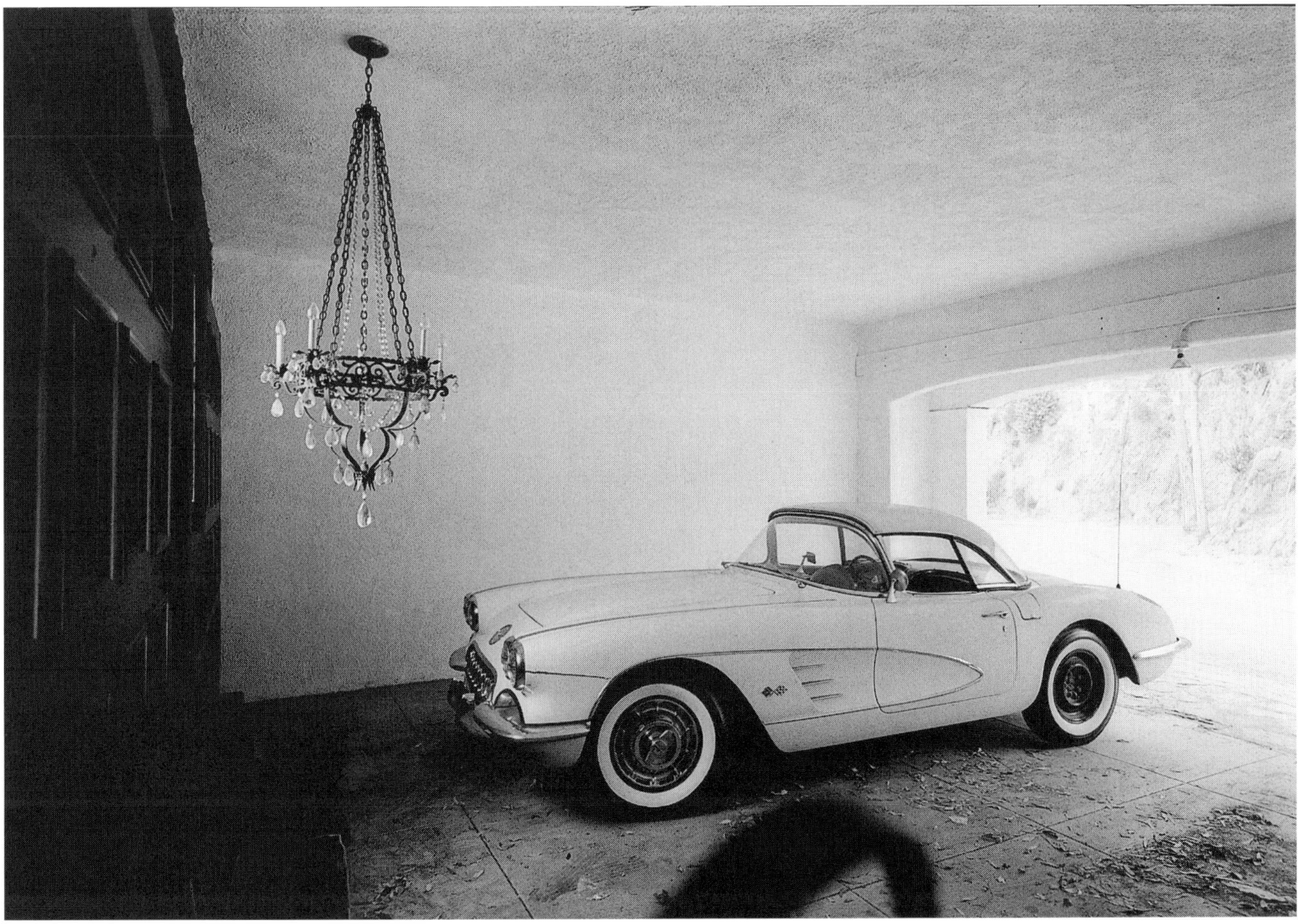

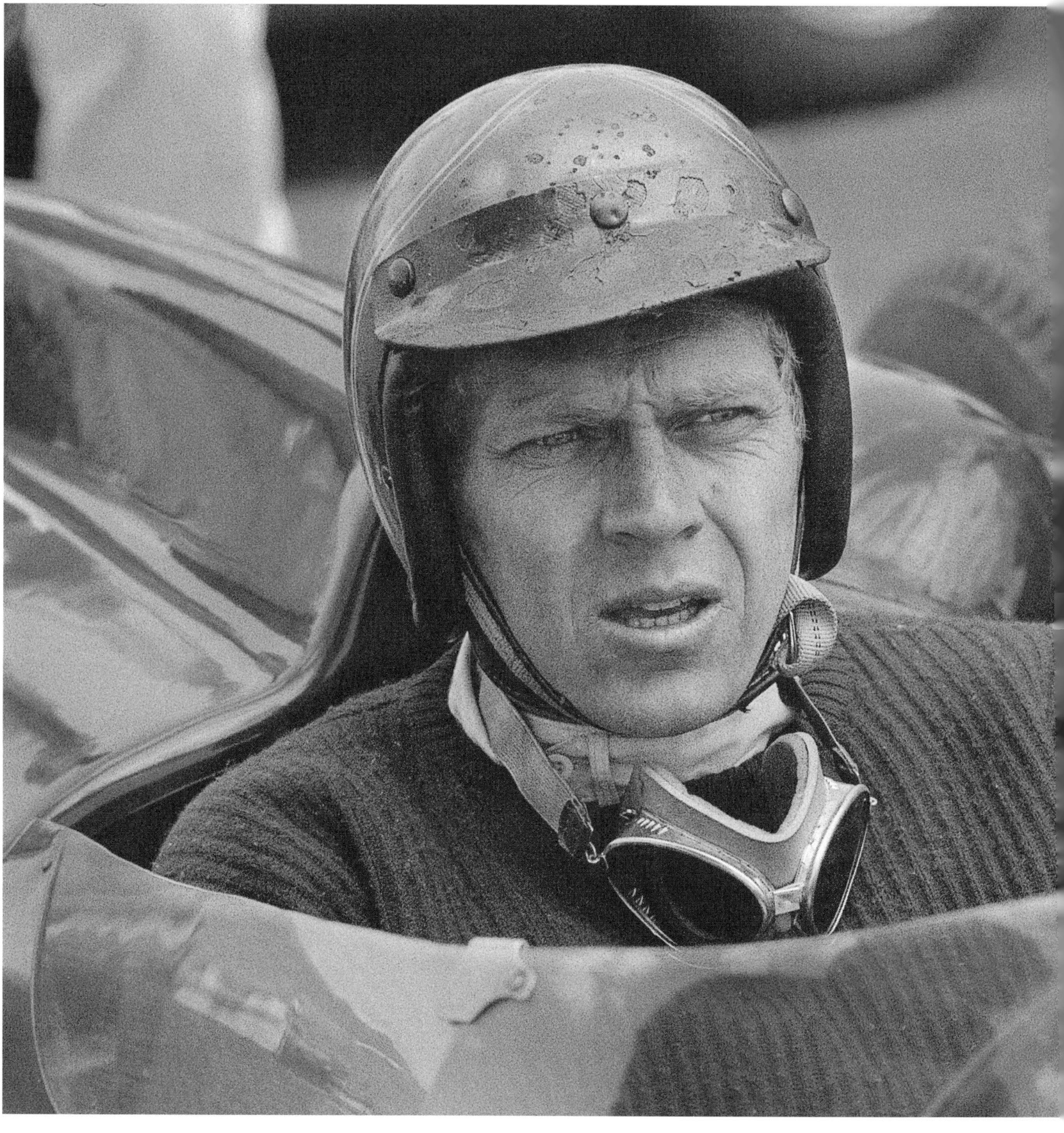

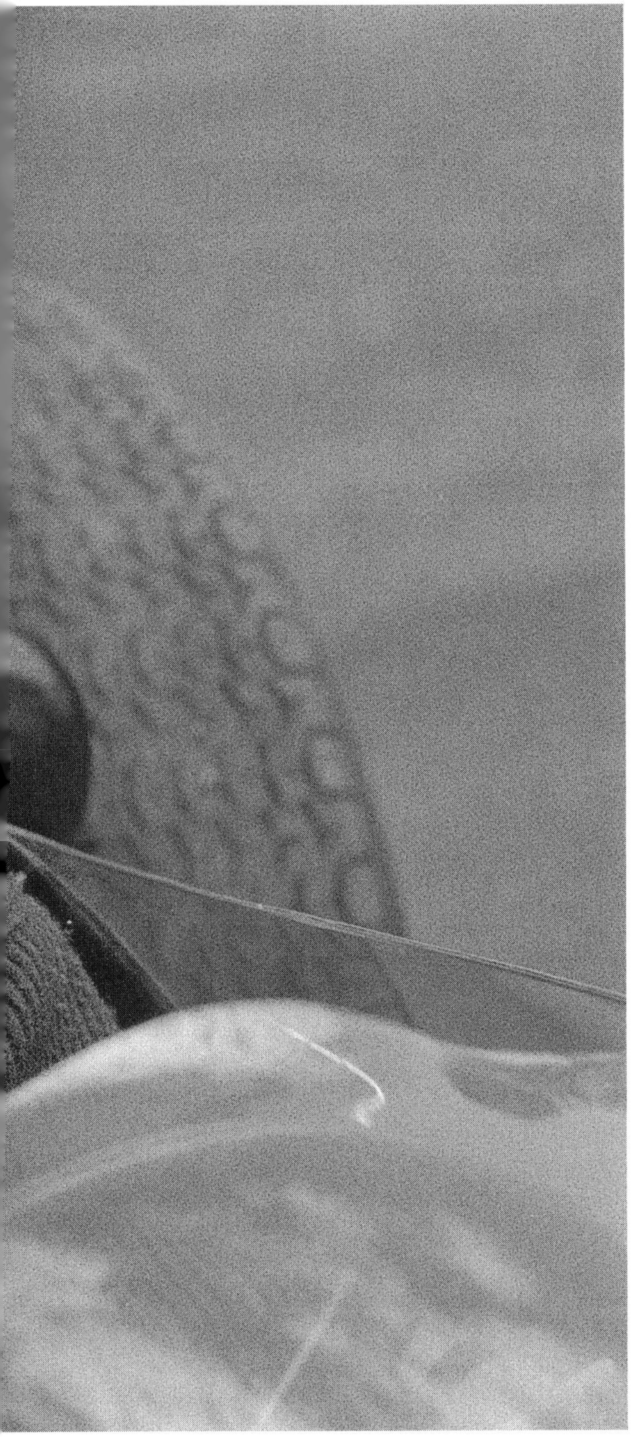

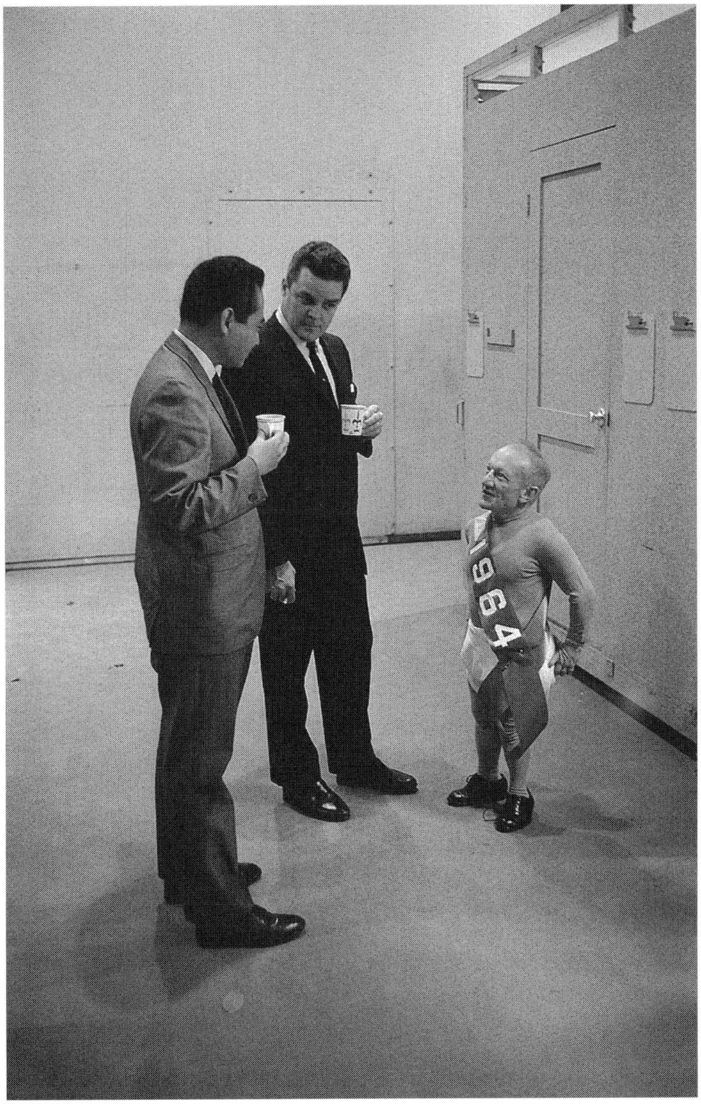

1964

WILLIAM MORRIS AGENCY

ELEVATOR ALARM
NOTIFY POLICE

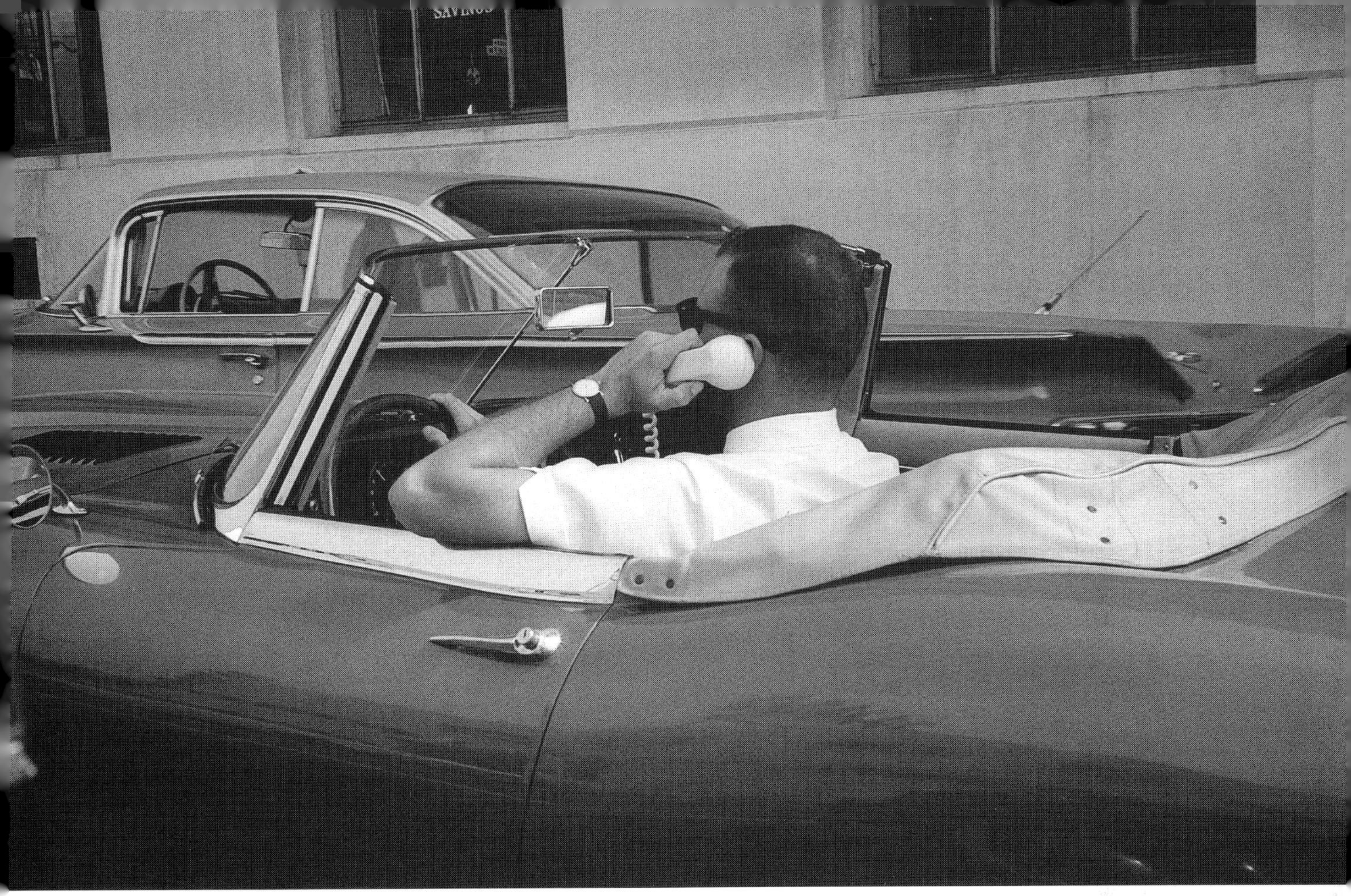

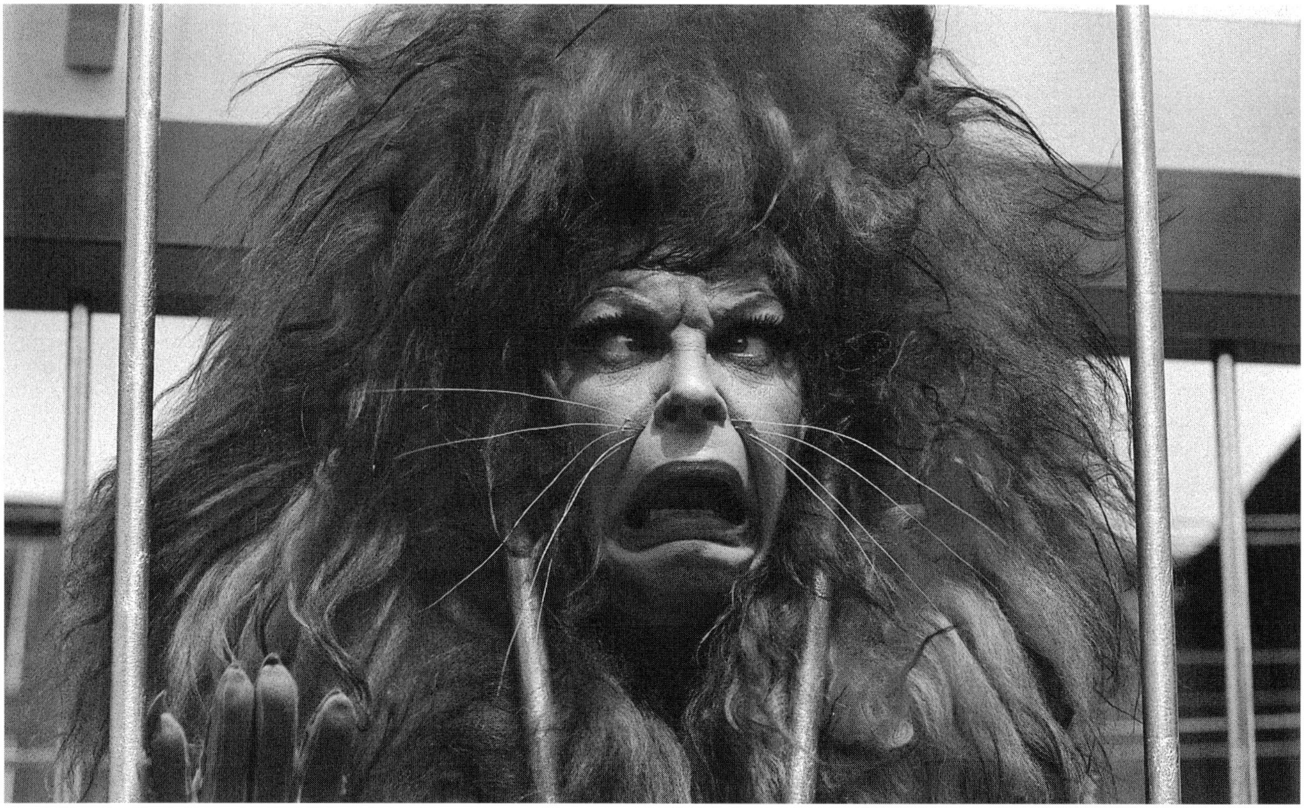

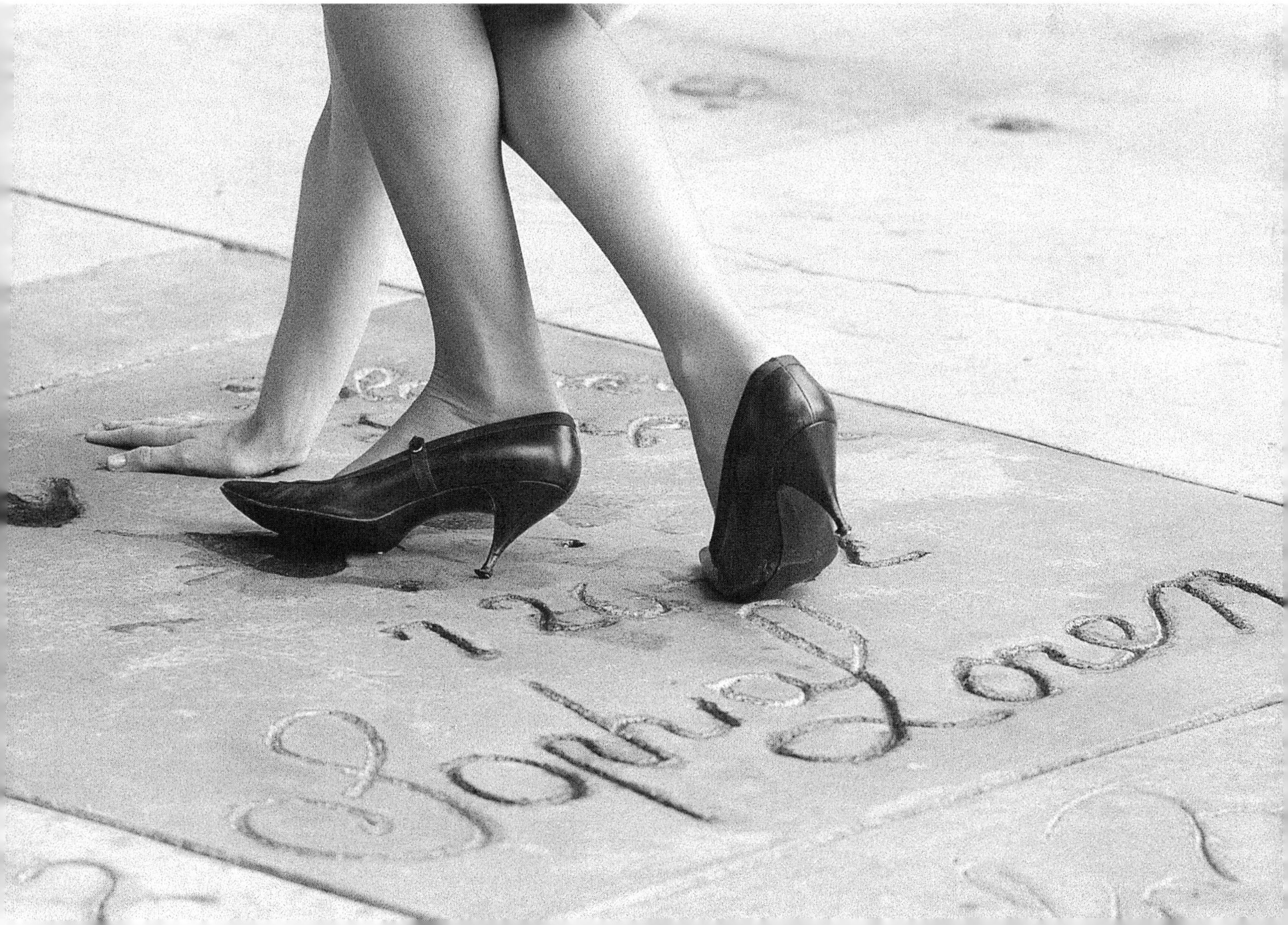

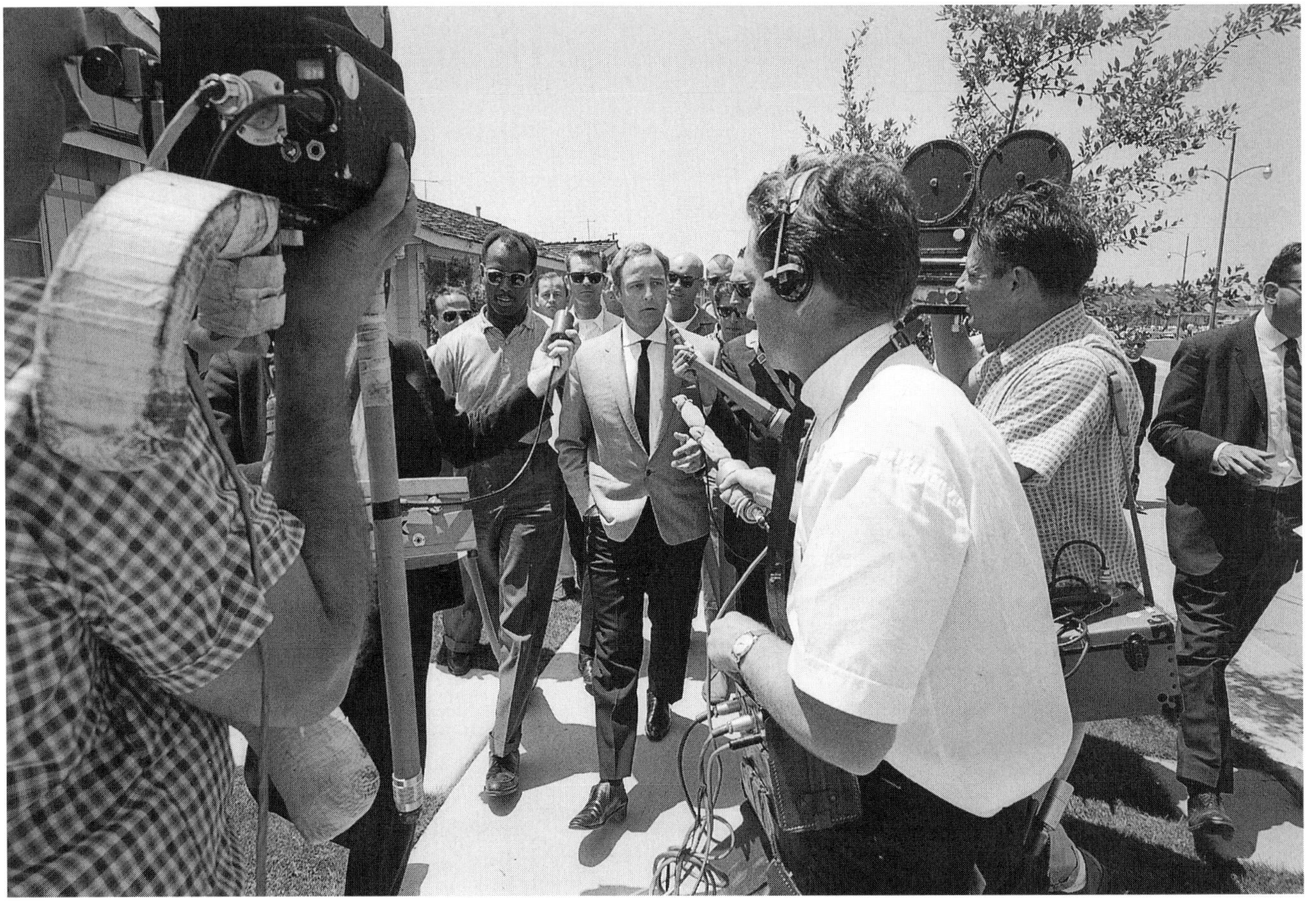

MARLON
BRANDO
IS
A
NIGGER-LOVIN
CREEP
CORE
SITS IN
FOR
CORE
IN
ACTION

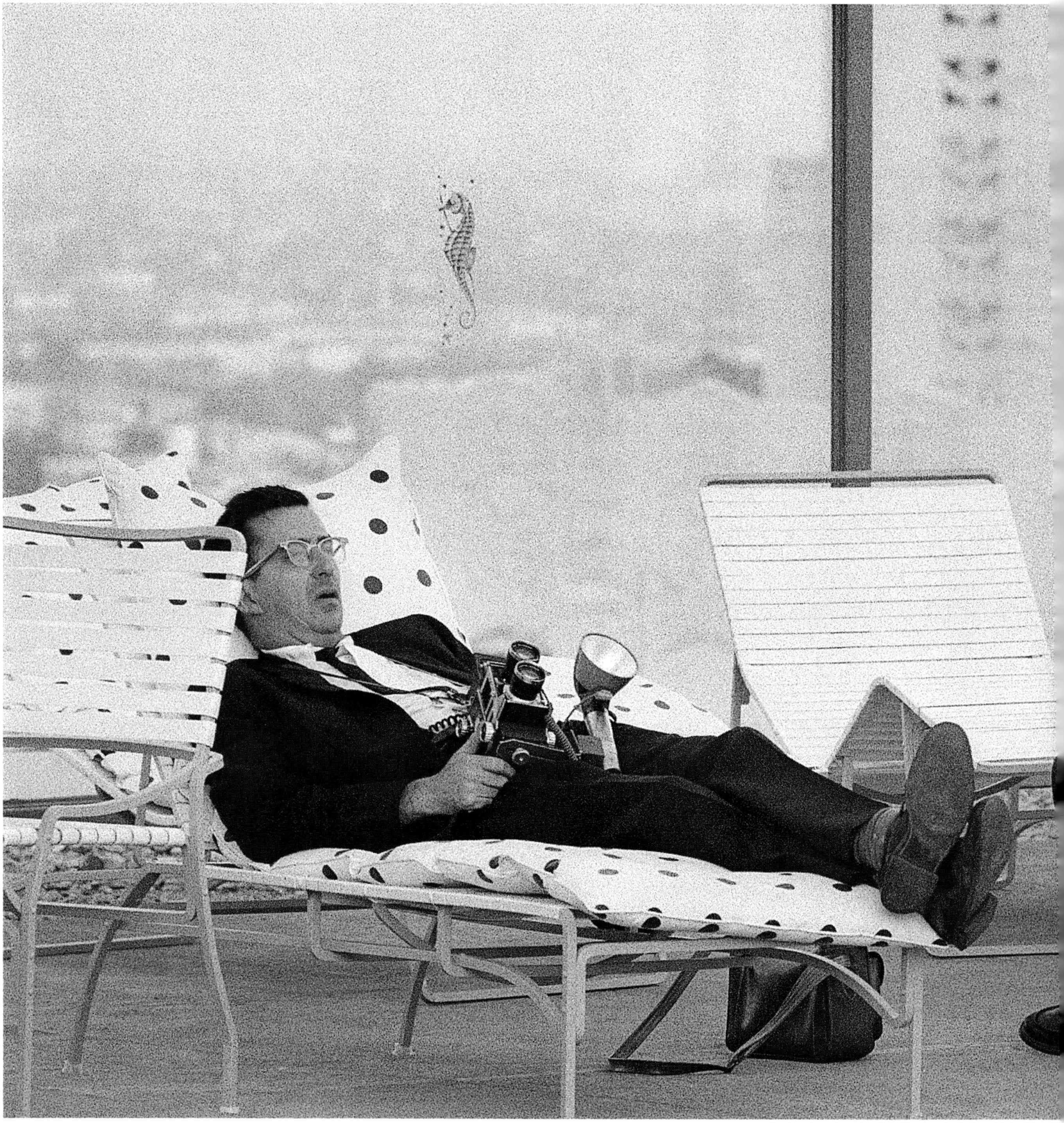

99

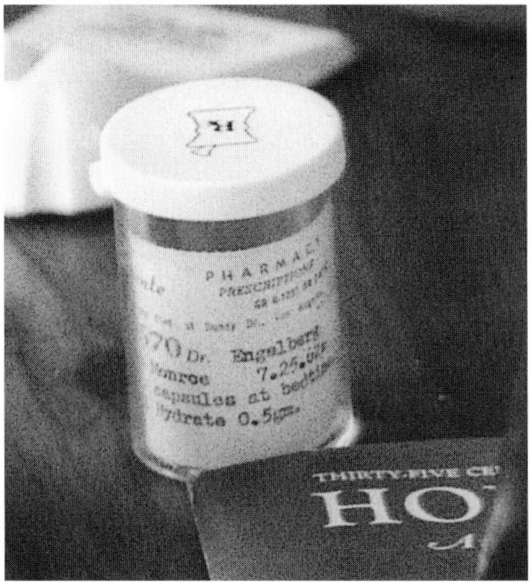
Dr. Engelberg

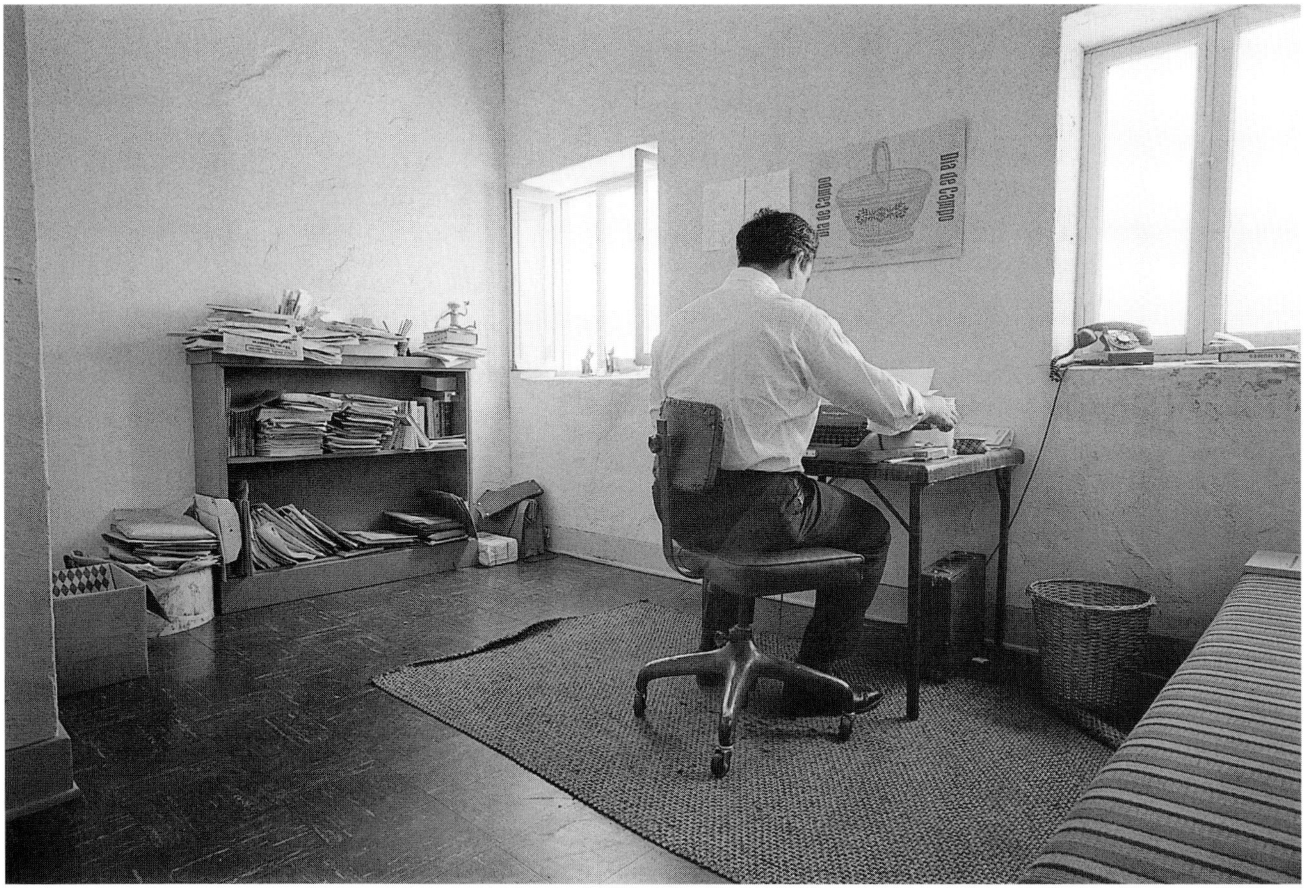
Dia de Campo
Dia de Campo

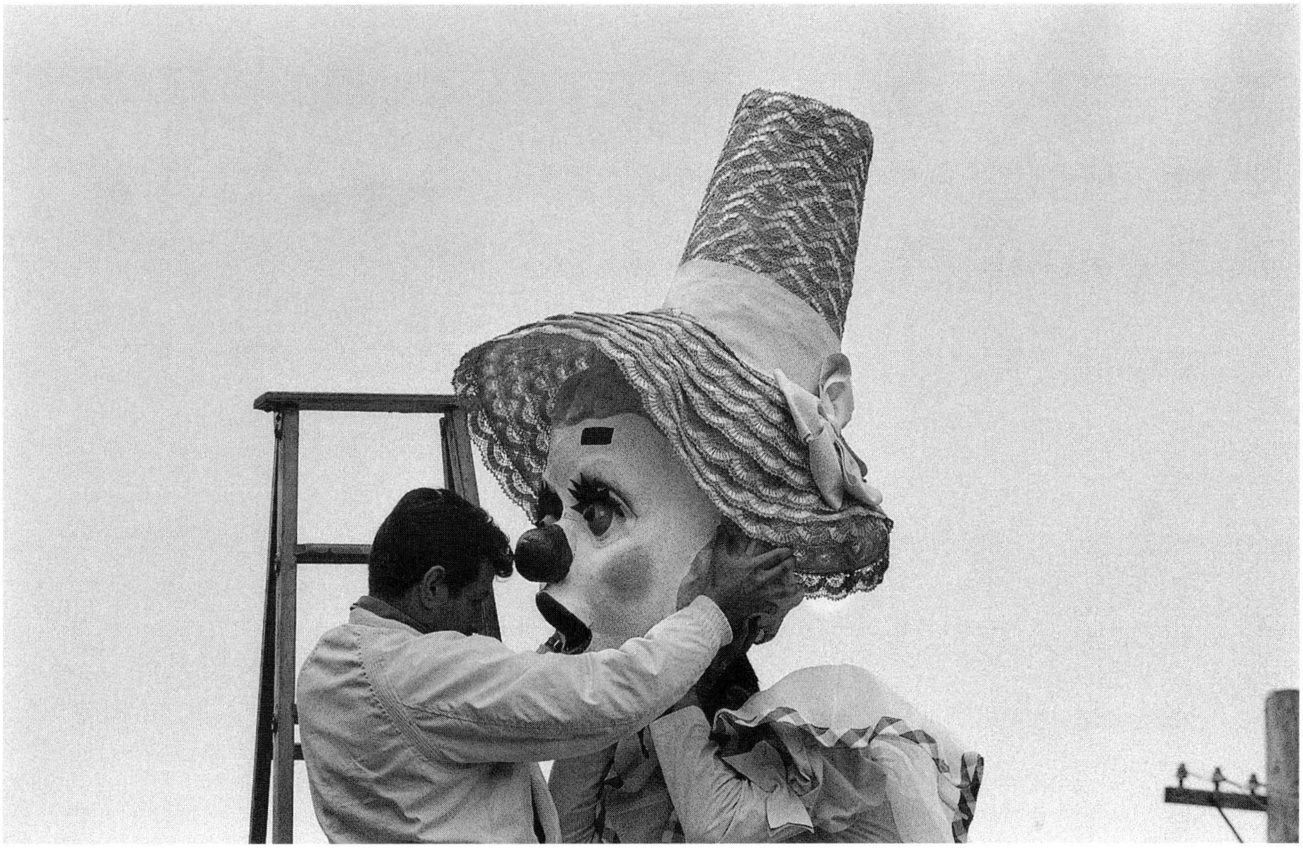

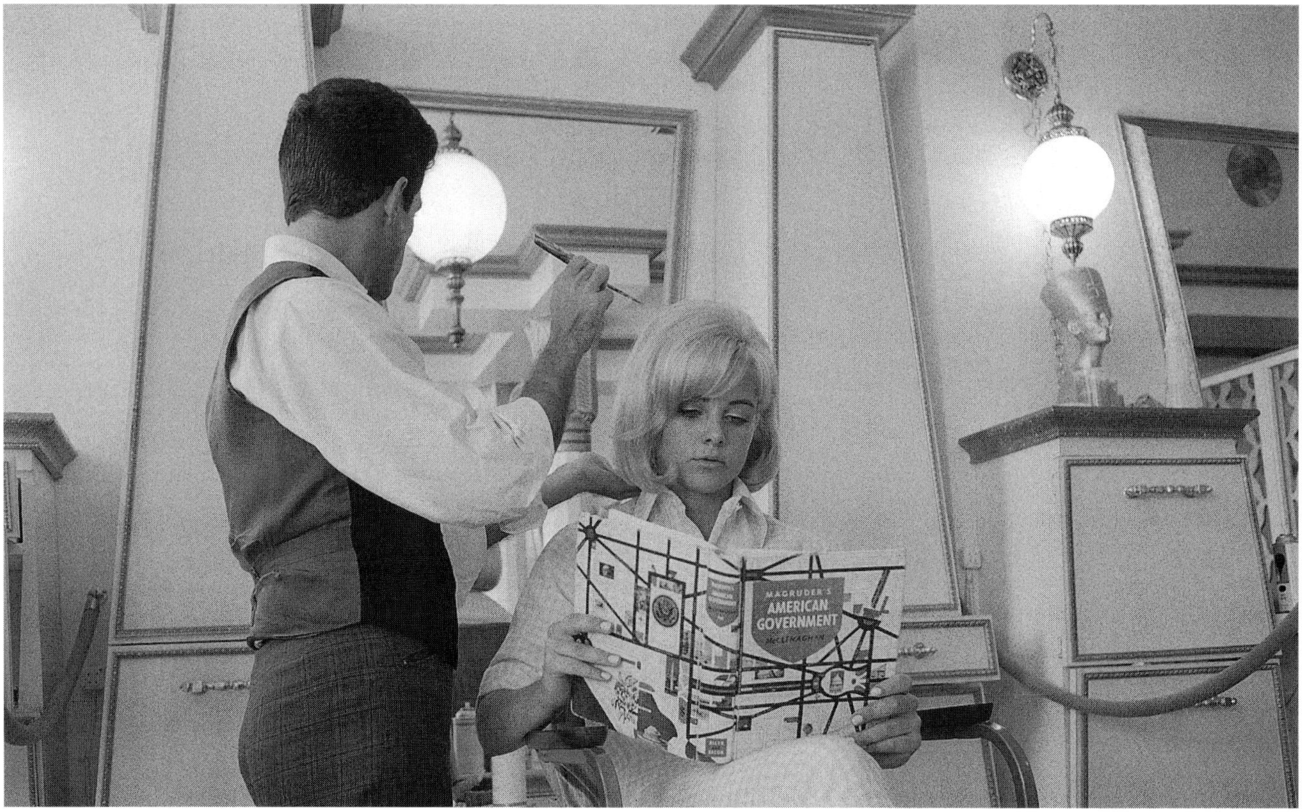
MAGRUDER'S
AMERICAN
GOVERNMENT

18

neatly sweetly	手際よく愛らしく
boy meets girl	男女が出会う
cokes t coax	コークで甘言
sit there an sip	座り込んで一口
young love	若者の恋
yummy first	最初は食べてしまいたくなるような可愛い女の子
something in common	何かが共通している
blunt cuteness	よこしまなところなど何ひとつない
of nothing's wrong	ありのままの愛らしさ
we'll work it out	ぼくらうまくやろうね
smooth as a gull	カモメのようにしなやかに
being recorded	記録されて
happy ever after	それからはずっとしあわせに暮らしましたとさ
while extras	一方エキストラたちは
wait above the set	大道具の上で待機中
an lolita reads	そしてロリータは
toilet paper	トイレット・ペーパーを読書中
while prayin	いちばんお気に入りの教会で
in her favorite church	祈りながら

19

blindly i wake	わけのわからないまま目が覚めて
stagger t the window	ふらふらと窓辺に向かい
yawn	あくびをひとつ
truth stands perched on a hill	丘の上に据え付けられて立っている真実
must be my day, mama	今日はきっとついている、ママ
i stick my elbows	ぼくは出っ張りの上に
on the ledge	肘をあてて
stare at it	そいつをじっと見つめる
get dressed	服を着ながらも
keep eyes on it	そいつから目をそらさない
gonna get it	そいつを手に入れてやろう
probably	多分
wont get chance tomorrow	明日になればもうチャンスはない
off off	あっちへあっちへ
out the door	ドアの外に出ると
it looks so real	とてもリアルに見える
from far away	遠くからでも
the only things	あれこそ唯一
that's real i say	リアルなものとぼくは言う
me	ぼく
poor me	哀れなぼく
i follow	ぼくは追いかけ
go higher	より高くまで進み
get tired	くたびれる
had hunch t bring lunch	弁当を持って来ようと思っていたのに

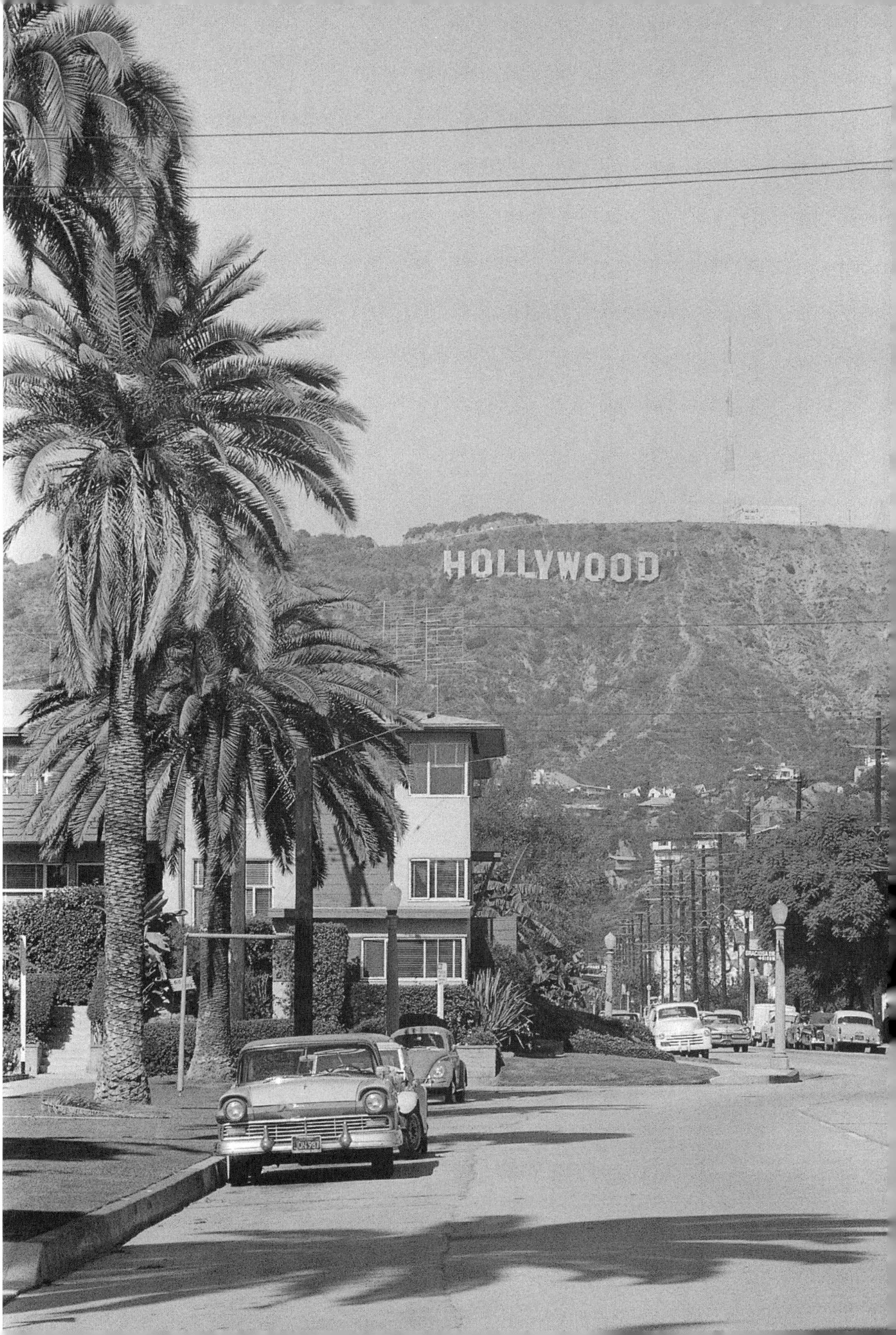
HOLLYWOOD

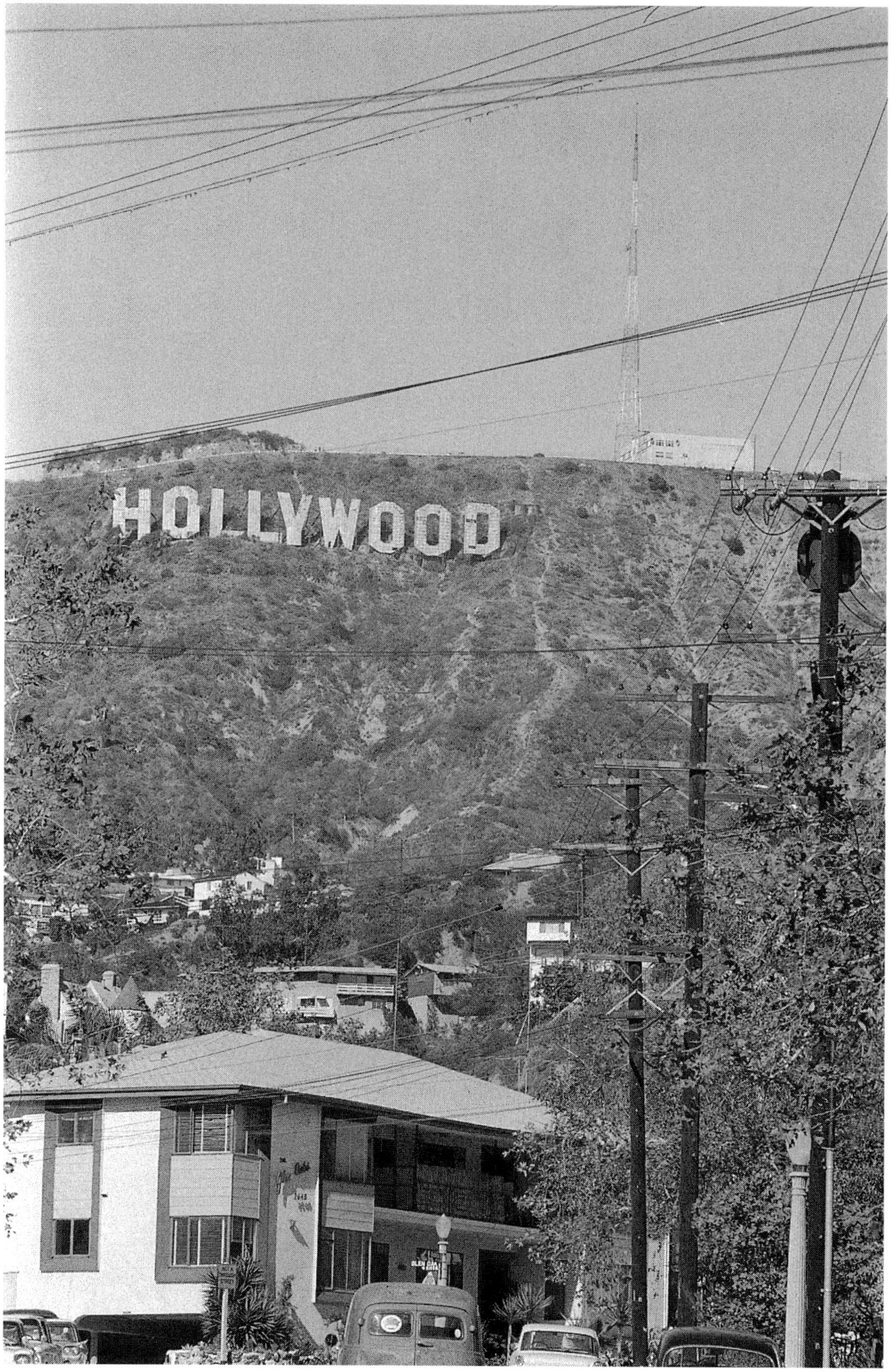
HOLLYWOOD

contd rest stop 休憩所
under wires 電線の下の
pin my eyes ぼくの目は釘付け
the same truth 同じ真実に
it's closer now どんどん近づく
but looks the same でも同じ眺め
higher high より高く高く
an we're neath the sun そしてぼくらは太陽のそばに
eyespan bigger より大きくなった視範囲
stand in front 真っ正面に立つ
it's all spread out 大きく広がっている
completely simple どこまでもシンプル
face the truth 真実と向き合う
there it squats そいつはここに居座っている
a million watts 100万ワット
strong an shinin 力強く輝いている
we go searchin ぼくらは探しに行こう
onward onward 先へ先へと
when you get closer もっと近づけば
you get smarter もっと賢くなれる
we always say ぼくらはいつも言う
upward up 上へ上へと
in the early day 初めの頃は
get it get it 手に入れろ手に入れろ

contd

wait'll i tell	待ってくれ
my friends about it	そいつのことを言うまで
that i got it	手に入れたと
maybe i'll own it	ぼくの友人たちに言うまで
then loan it	たぶんぼくはそいつを自分のものにすることだろう
on no	それからそいつを貸し出してやる
oh my gawd	オー、ノー
it broke apart	何てこった
how awd	そいつはばらばらに壊れてしまった
unyieldin truth	そんなばかな
has spattered up?	断乎たる真実が
	飛び散ってしまったのか？
i cant believe it	信じられない
who went wrong	誰が間違ってしまった
it cant be true	ほんとうのはずがない
it's much too big	そいつはあまりにも巨大すぎる
cant even see	一目で
it all at once	見ることすらできない
so close before	だからその前に閉じてしまう
was gonna grab it all	そいつをまるごとひっかもうとしていたんだ
it's getting nearer i know	どんどん近づいてきたのに
now it's broke	壊れてしまった
must be some horrendous joke	こいつはとんでもなくひどい冗談に違いない
i walk along	ぼくは歩いて行く
giant particles	巨大な粒子たち

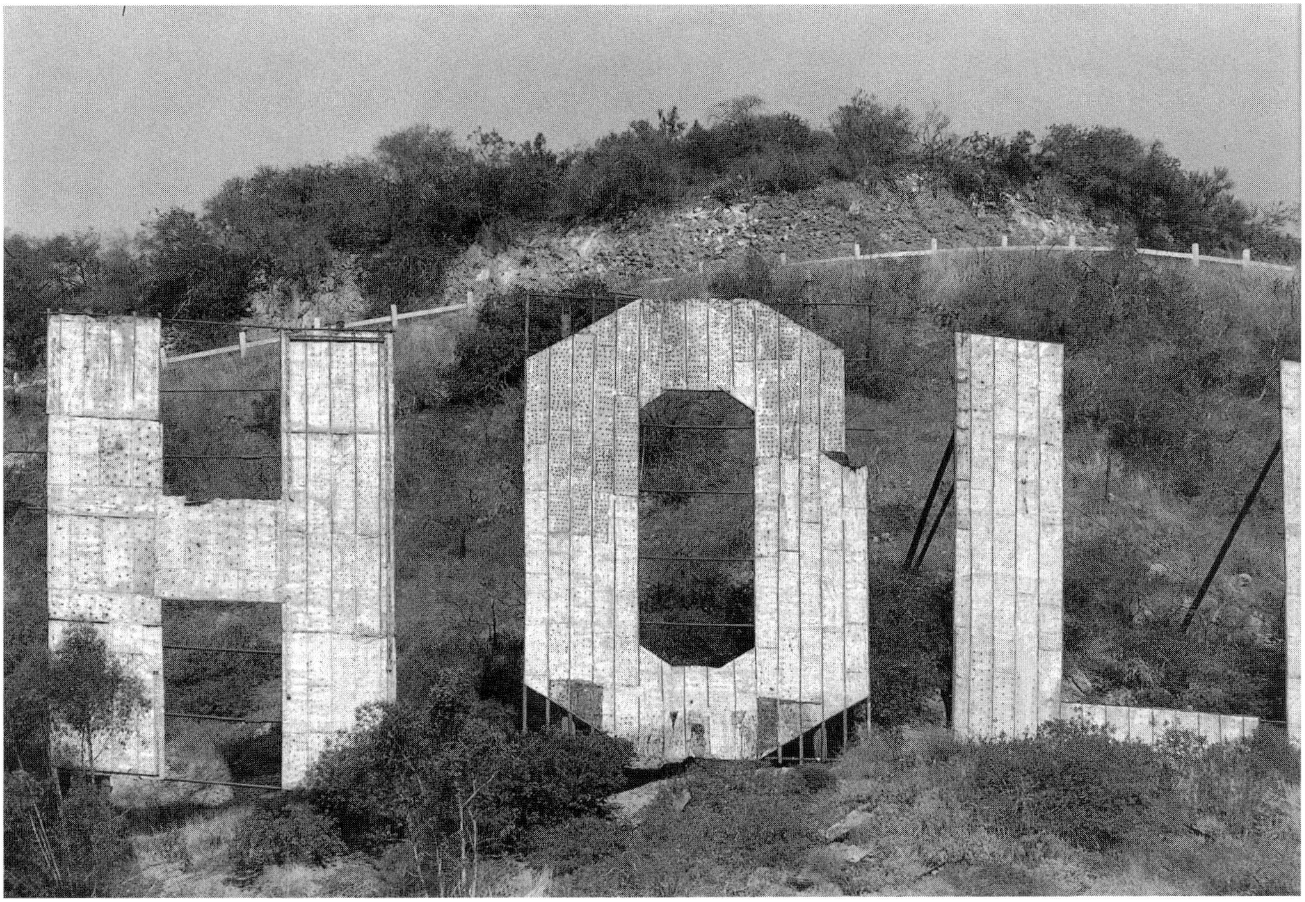
HOL

contd

huummmm	ふーん
very complicated	とても複雑
all of a sudden	突然
i cant make out	ぼくは理解する
what each piece of	そいつの一片一片が
it looks like	いったいどんなものなのか
grime rolls in it	内側は汚れまくっていて
there's holes in it	穴も空いている
dont make no sense	まったく意味をなさない
almost embarrassing	まごつかされてしまいさえする
can see its cracks	裂け目も見えて
confusing	混乱してしまう
is this the alpowerful truth	これが全能の真実とやらなのか？
that looked so easy t see	遠くから見れば
from far away?	あんなにもわかりやすいのに？
the one i started walkin towards?	ぼくが歩いて向かい始めたものなのか？
the one they told me about?	みんながぼくに教えてくれたものなのか？
if so,	もしそうなら、
then i can even	それならぼくにも
see	見えてもおかしくないはず
what holds each part of it	そいつのそれぞれの一片が何を宿しているのか
up	上へ
an i, mama,	そしてぼくは、ママ、
am no	天才なんかじゃ
genius	ない

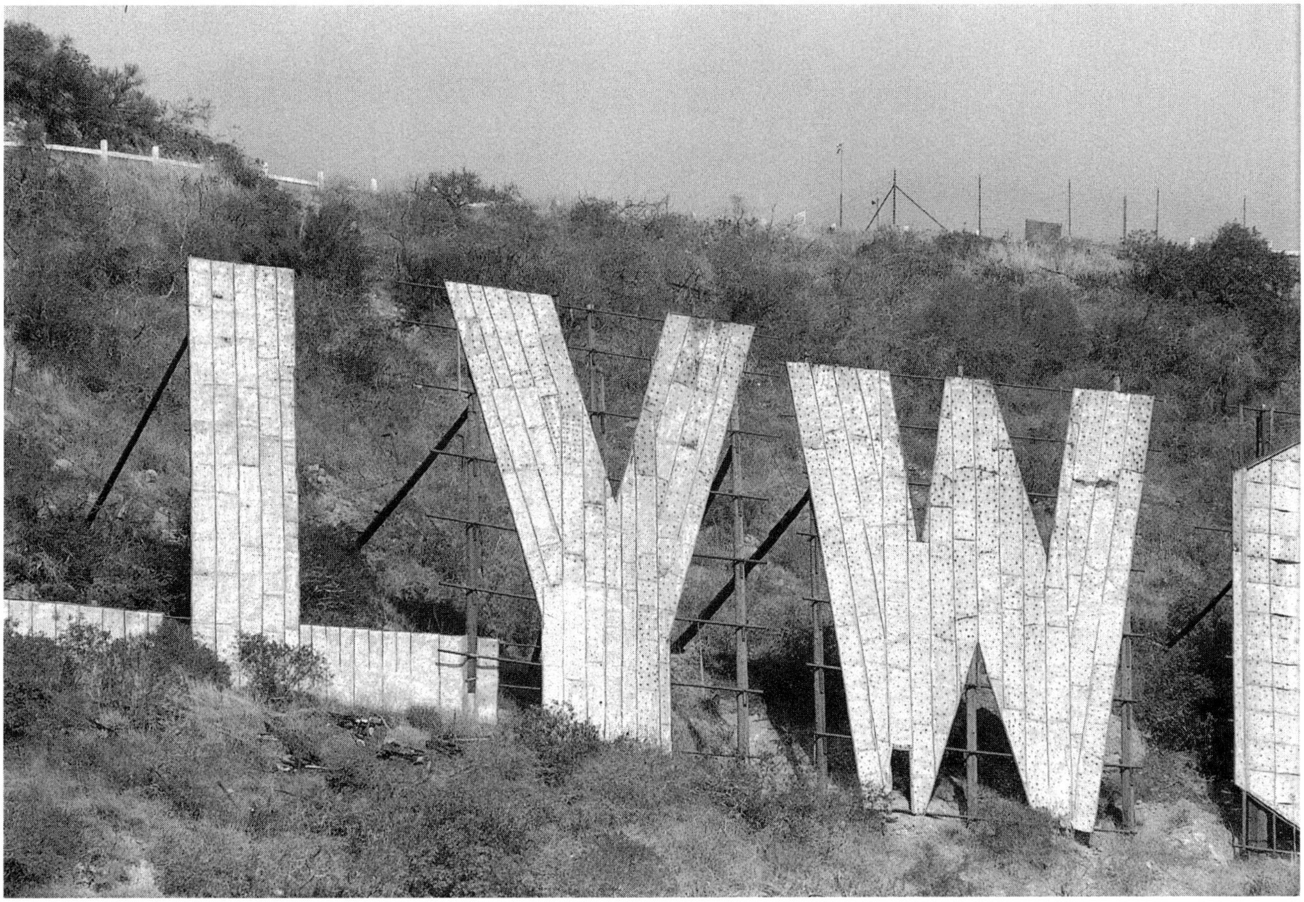
LYW

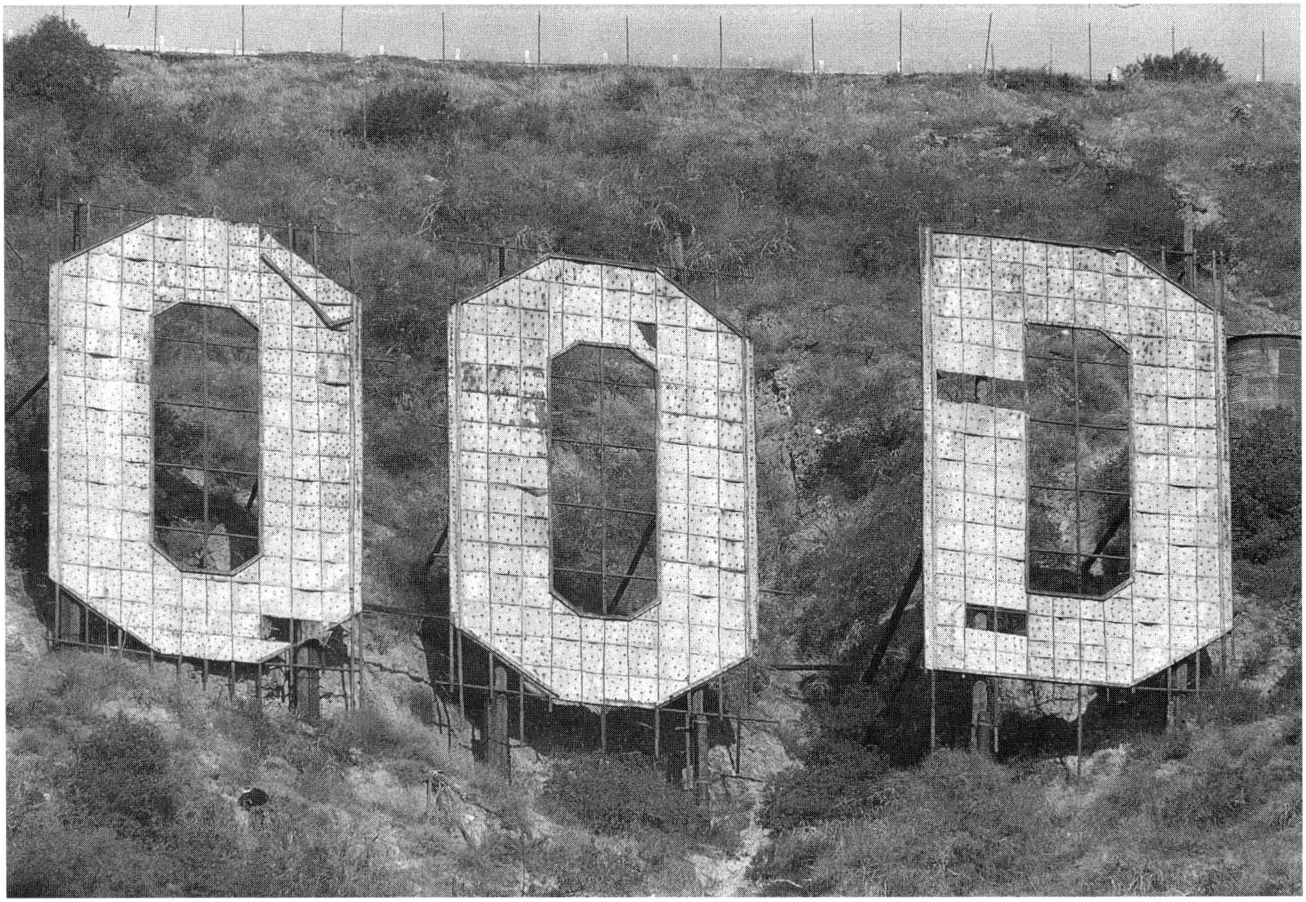
OOD

contd   off again   また遠ざかる

            away away   遠くへ遠くへ

            go right thru it   そいつの中を潜り抜けて

            make room for the others   ほかのやつらのために場所を空けてやろう

            comin to it   ここまで来られるように

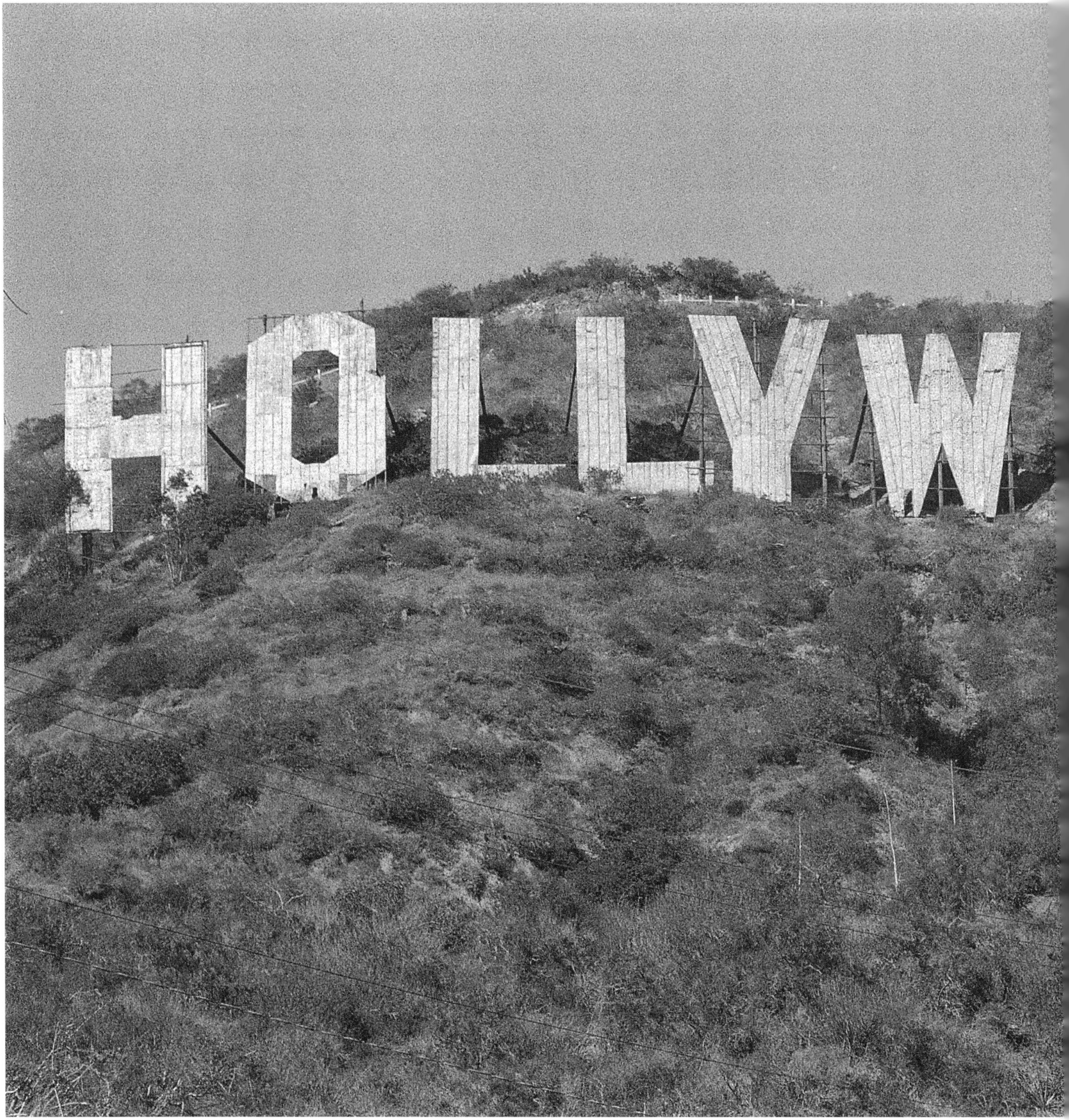
HOLLYW

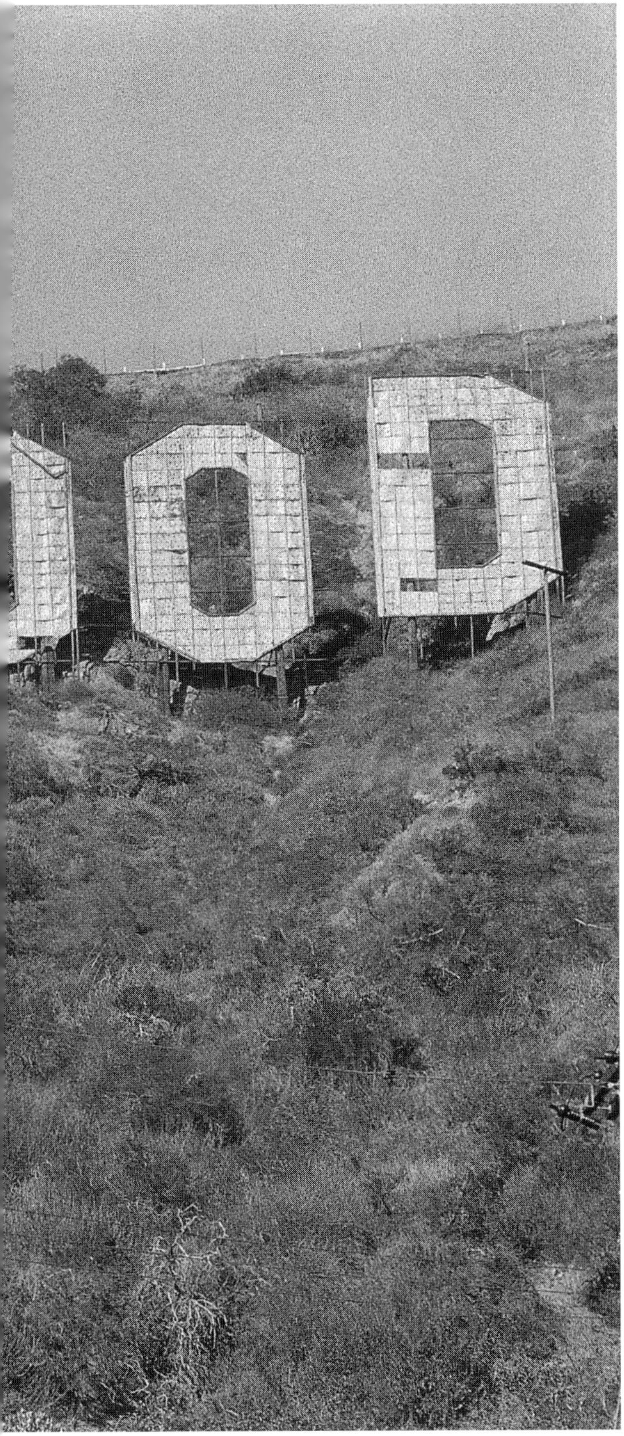

jaundiced coloured girls	ひがんで黄色くなった娘たちが
pop out of nowhere	どこからともなく突然現われ
offerin roses	薔薇を差し出す
cant eat your roses	きみたちの薔薇は食べられないよ
get 'm out of here	ここから持ち去っておくれ
gimme food	わたしに食べるものをおくれ
i dig food	食べるものがほしいんだ
cant swallow the smell	きみの花の香りは
of your flowers, lady	飲み込めないよ、お嬢さん
want turkey buns	七面鳥のバーガーがほしい
hamburger meat	ハンバーガーの肉が
history gets the hungries	歴史にはひもじい者たちがつきもの
an even the witches	そして魔女たちですら
sometimes have t eat	食べなければならない時がある
so please pardon me	だからどうかご容赦を
an dont think i'm prejudiced	わたしが偏見の持ち主だなんて思わないで
if i pour your drink	もしもわたしがきみの飲み物を
all the way down	きみのヘアーリップ・ガウンに
your hairlip gown	すっかり注いだとしても
there's nothing t be	動揺させられるようなことは
disturbed about	何もないよ
it's just that	それはただ
there's enough people	人がいすぎるというだけのこと
bending over	自分たちの背中に焼き付けられた
with the fangs	
of society	社会の牙の重みで
burnt into their backs	からだを前にかがめてしまう人たちが

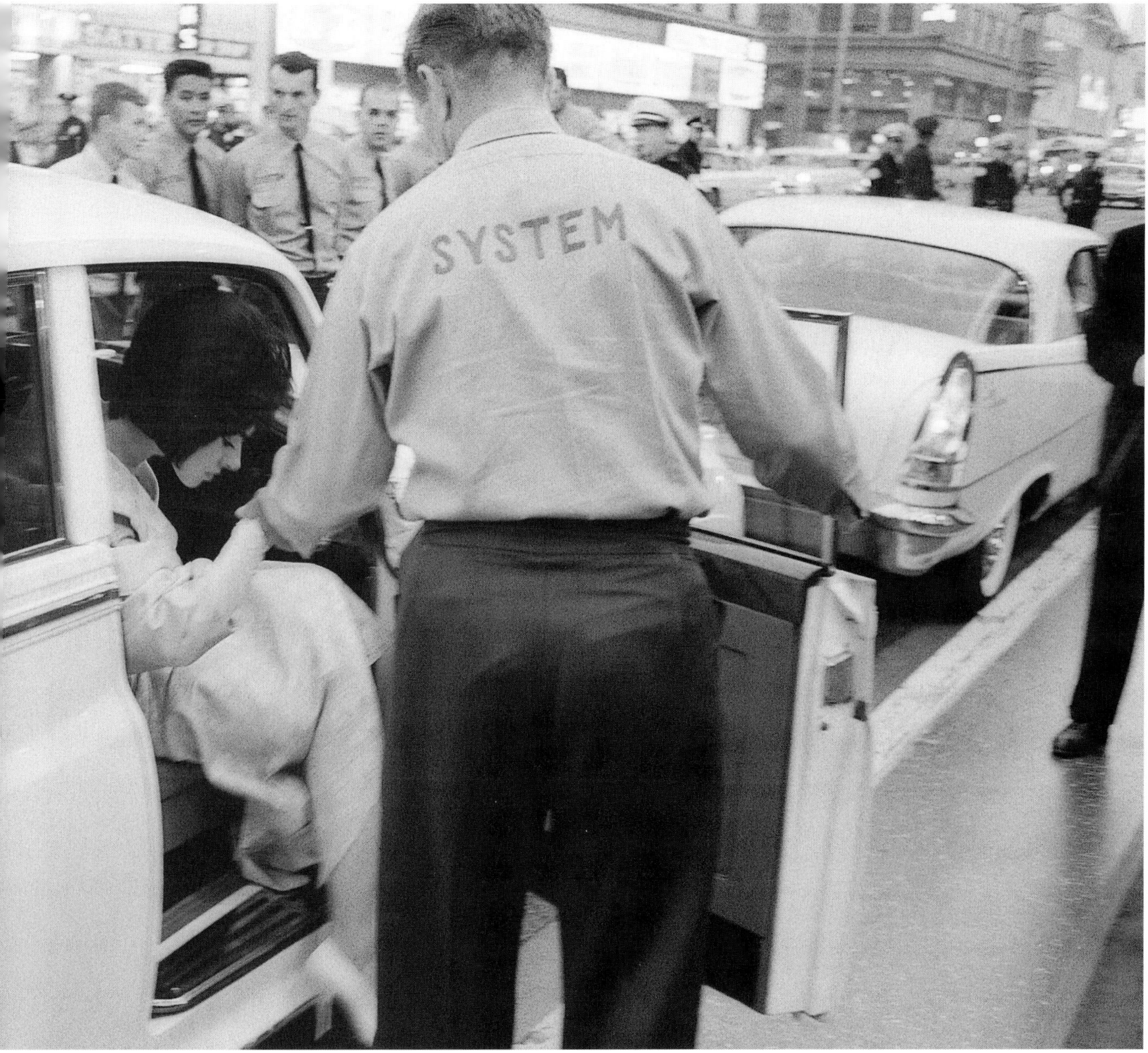
SYSTEM

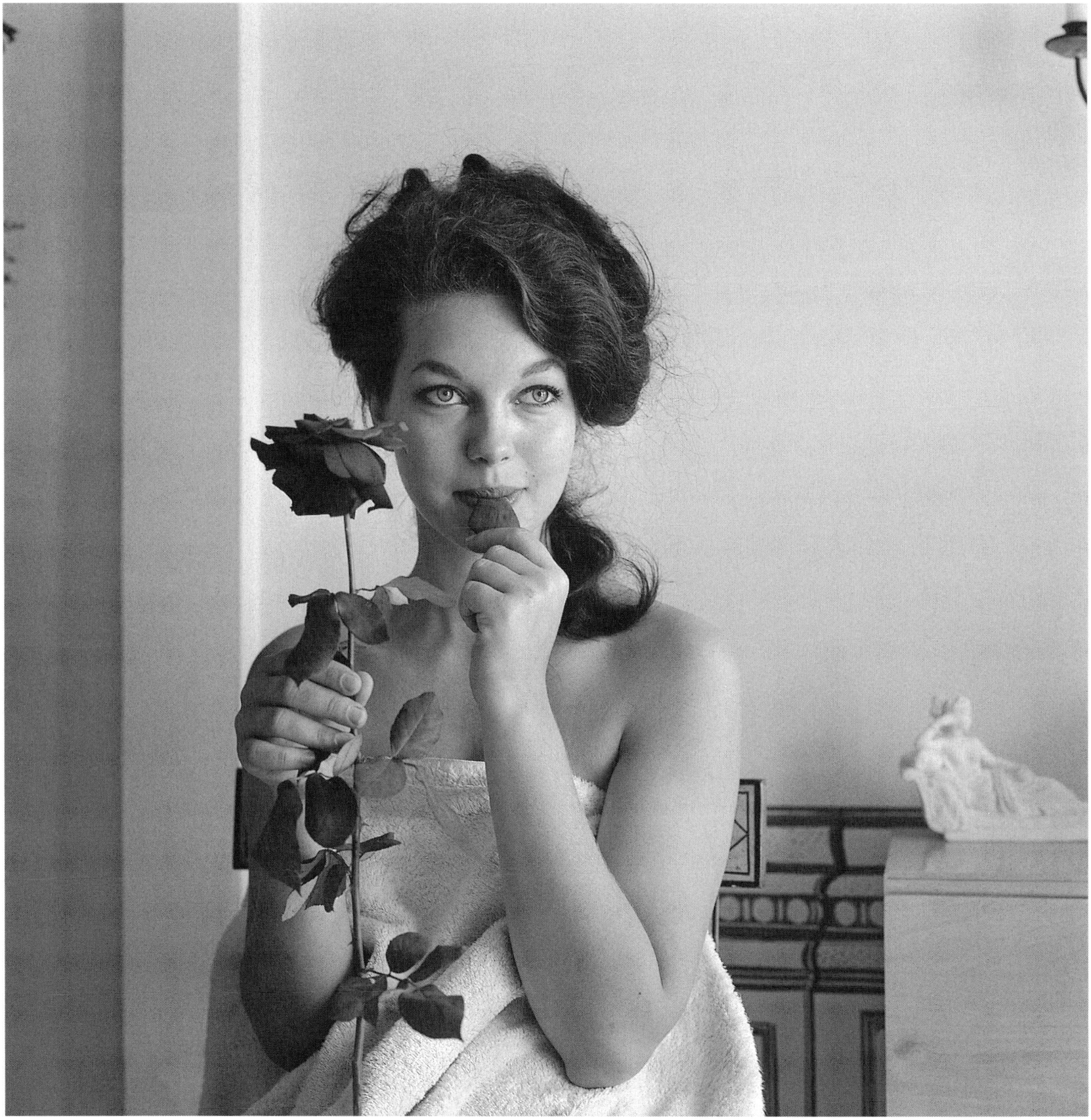

FAGOTS-STAY OUT
BEEFEATER
DISTILLED LONDON DRY GIN
Seagram's Extra Dry Gin
GORDON'S DISTILLED LONDON DRY GIN
DE KUYPER TRIPLE SEC
BLACKBERRY FLAVORED
GARNIER
DE KUYPER CREME de CACAO
PLATTE VALLEY
JOHNNY REB
OLD TAYLOR
Maker's Mark WHISKY
PADDY IRISH WHISKEY
MURPHY'S BLENDED IRISH WHISKY
Tullamore Dew
VAT 69
Classic Light VAT 69 GOLD

21

death silenced her pool	死が彼女のプールを沈黙させた
the day she died	彼女が死んだその日
hovered over	つきまとっているのは
her little toy dogs	彼女が愛玩した小型犬たち
but left no trace	でもその気配は
of itself	まったくない
at her	彼女の
funeral	葬儀の場では

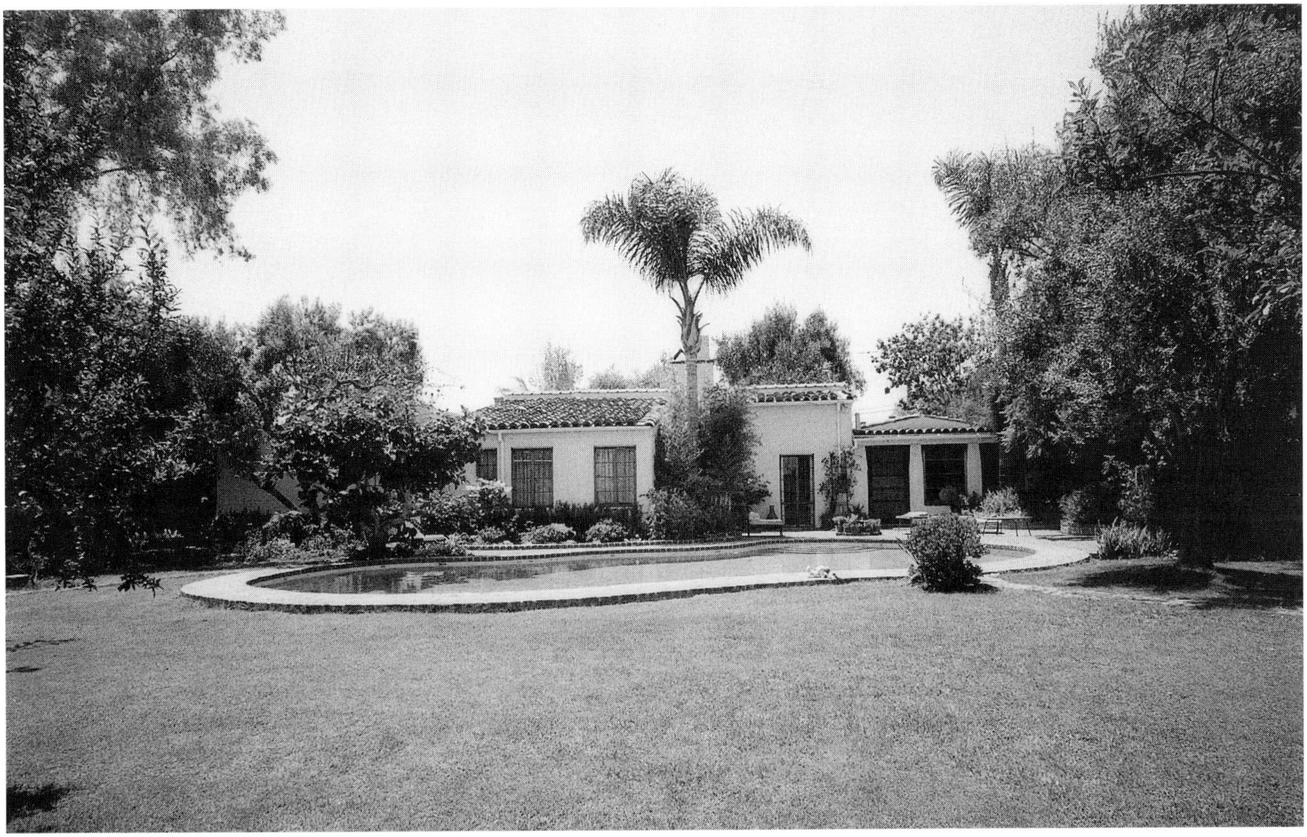

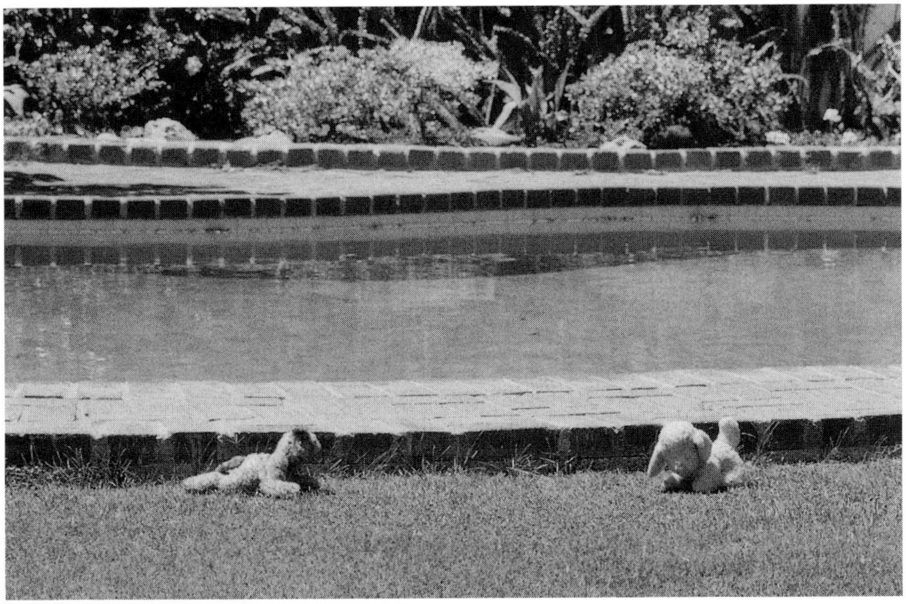

22

death, mama

at death again

mournin auction

pick your tear

bid silently

death

honest death

snatches

leaves sperm guilt

wilting

pools of selfishness

overflowin

onto me too

as my own possessions

have ripped away nonconsulting

layers thick

of blocked up throat lumps

unconceiving

loan me my black suit

hungry bowed head

shell out t the undertaker

all's well that's covered well

all's good that's dead

we're even

死だ、ママ

また死が

喪のオークション

あなたの涙を摘まみ上げ

無言で入札する

死

誠実な死

強奪し

精子の罪悪感を残す

しおれている

自分本位の泉の水が

溢れ出す

わたしの上にも

わたしの所有物が

何の相談もなく

剥ぎ取られてしまった時

喉のしこりをふさぐ

何層もの厚い重なり

思いもせぬうち

わたしの黒のスーツを貸しておくれ

ひもじく頭をたれて

葬儀屋に金を差し出す

ちゃんと隠されていればすべてよし

死んだ者はすべてよし

わたしたちは平等

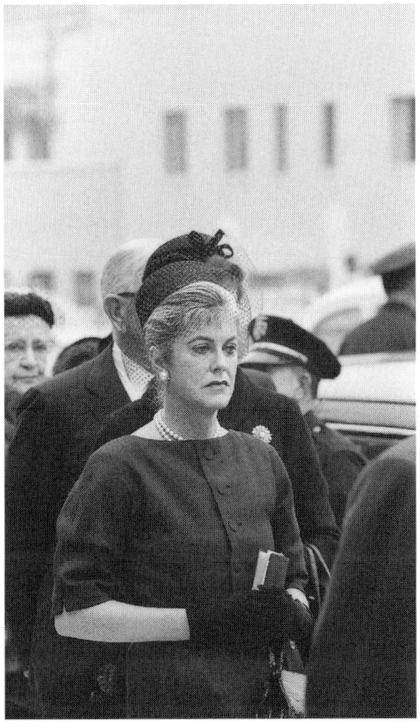

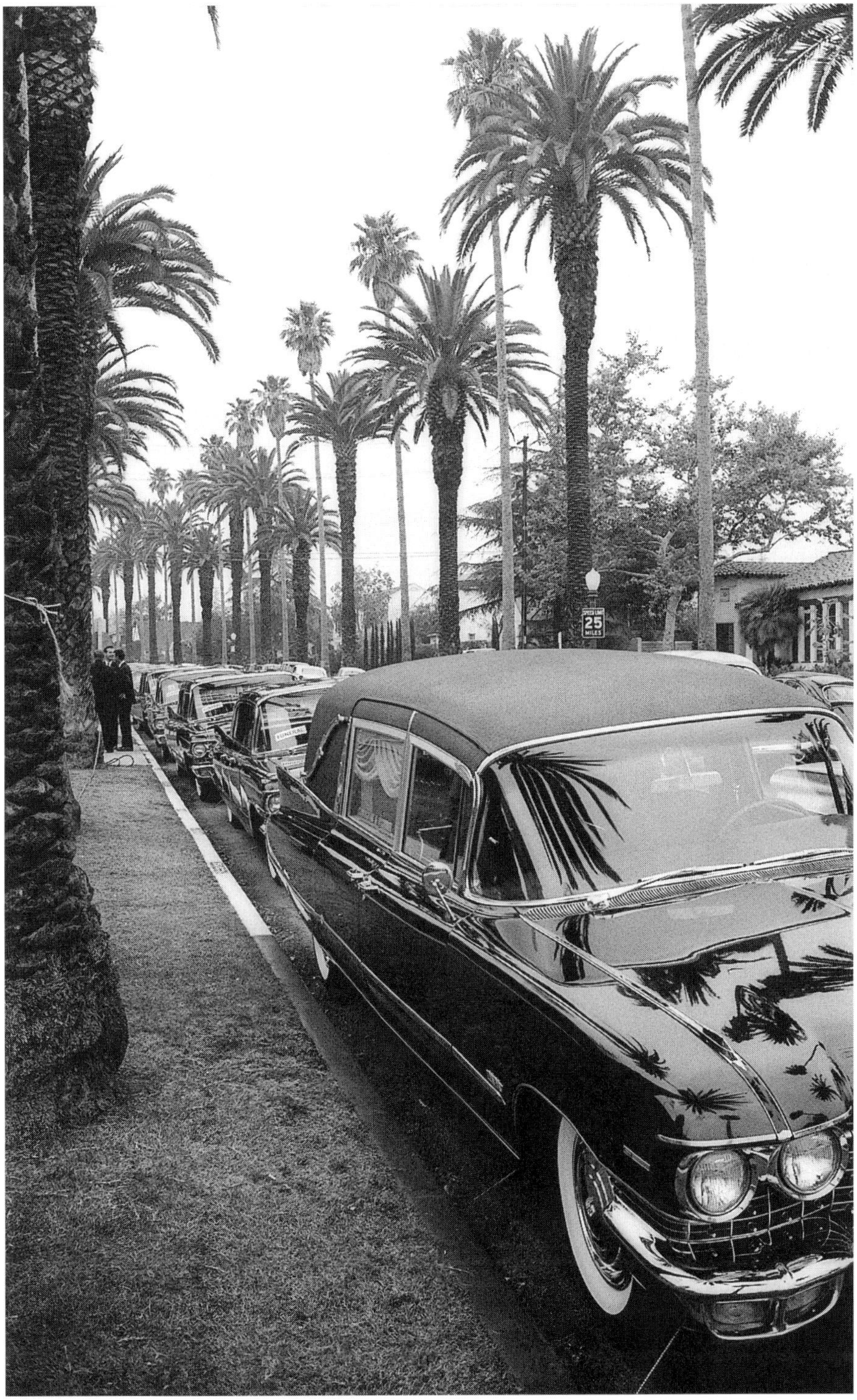
SPEED LIMIT
25
MILES

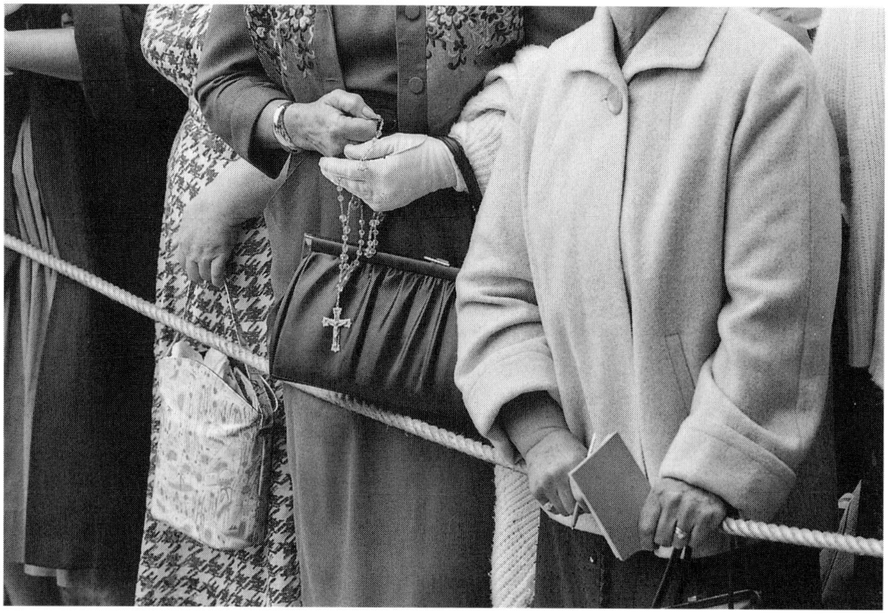
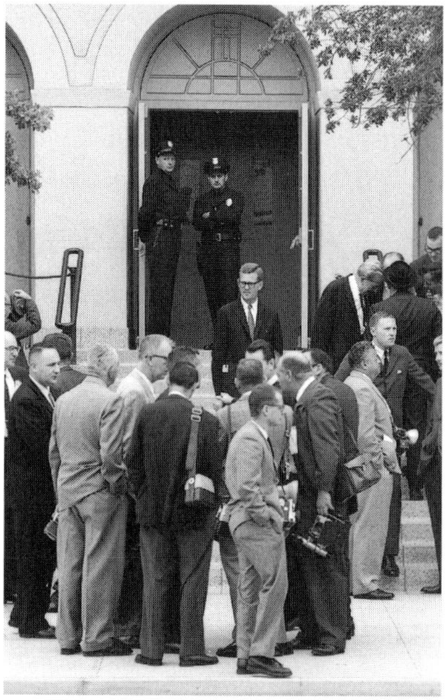
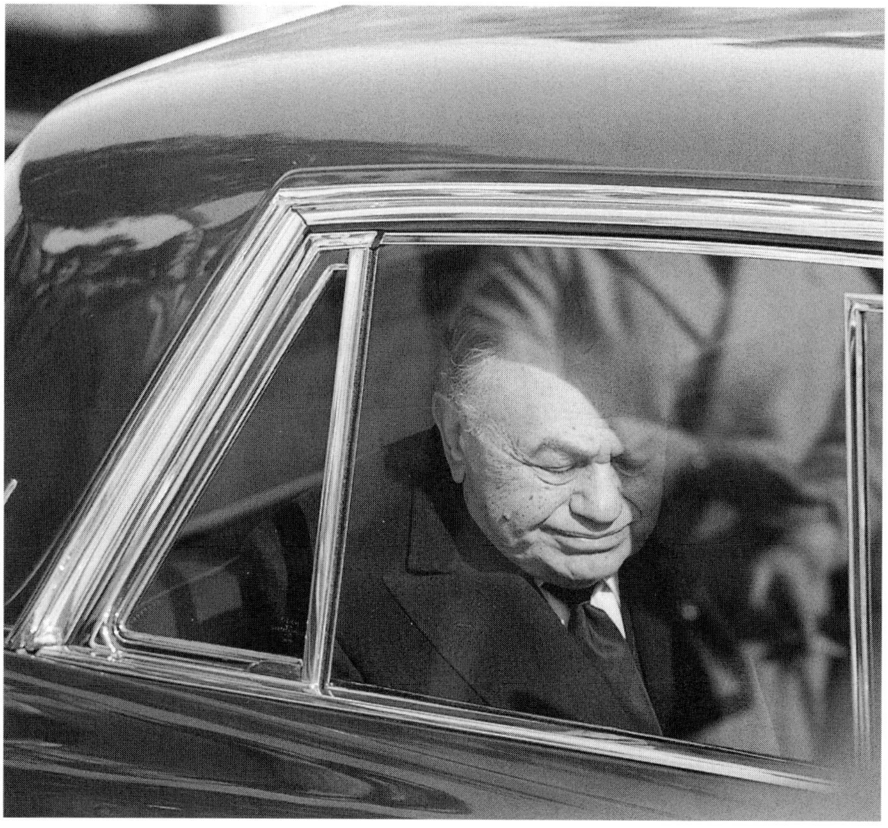

contd	at your funerul, we're even	あなたの葬儀で、わたしたちは平等
	you're taken care of	あなたは面倒を見ている
	one more time	今一度
	grieve disbelieve	深く悲しみ　信じようとしない
	order the limit	最大額を注文
	high precious funeral	とても高価な葬儀
	priceless?	金では買えない？
	great event?	壮大な儀式？
	ah mama	ああ、ママ
	what care the dead	死者に何を気遣って
	t drink up their own toasts?	献杯すればいい？
	spirits slurping	ズーズーと音をたてて酒が飲まれ
	candle syrup	キャンドルのシロップ
	affects whose emptiness?	効き目があるのは誰の虚ろさ？
	aches an sorrow	心痛と悲しみ
	pain an sorrow	苦痛と悲しみ
	what good what good	いいものはいいもの
	(if even with all its deaths	（たとえすべての死をもってしても
	the world has not become	世界が優しい世界に
	a gentler world) then	ならなかったとしても）それなら
	how righteous	悲しみの光景は
	can the sight of sadness be?	どれほど高潔なものになれるのか？
	death dresses	死が正装する
	the sun gets in its eyes	その目に太陽が入る

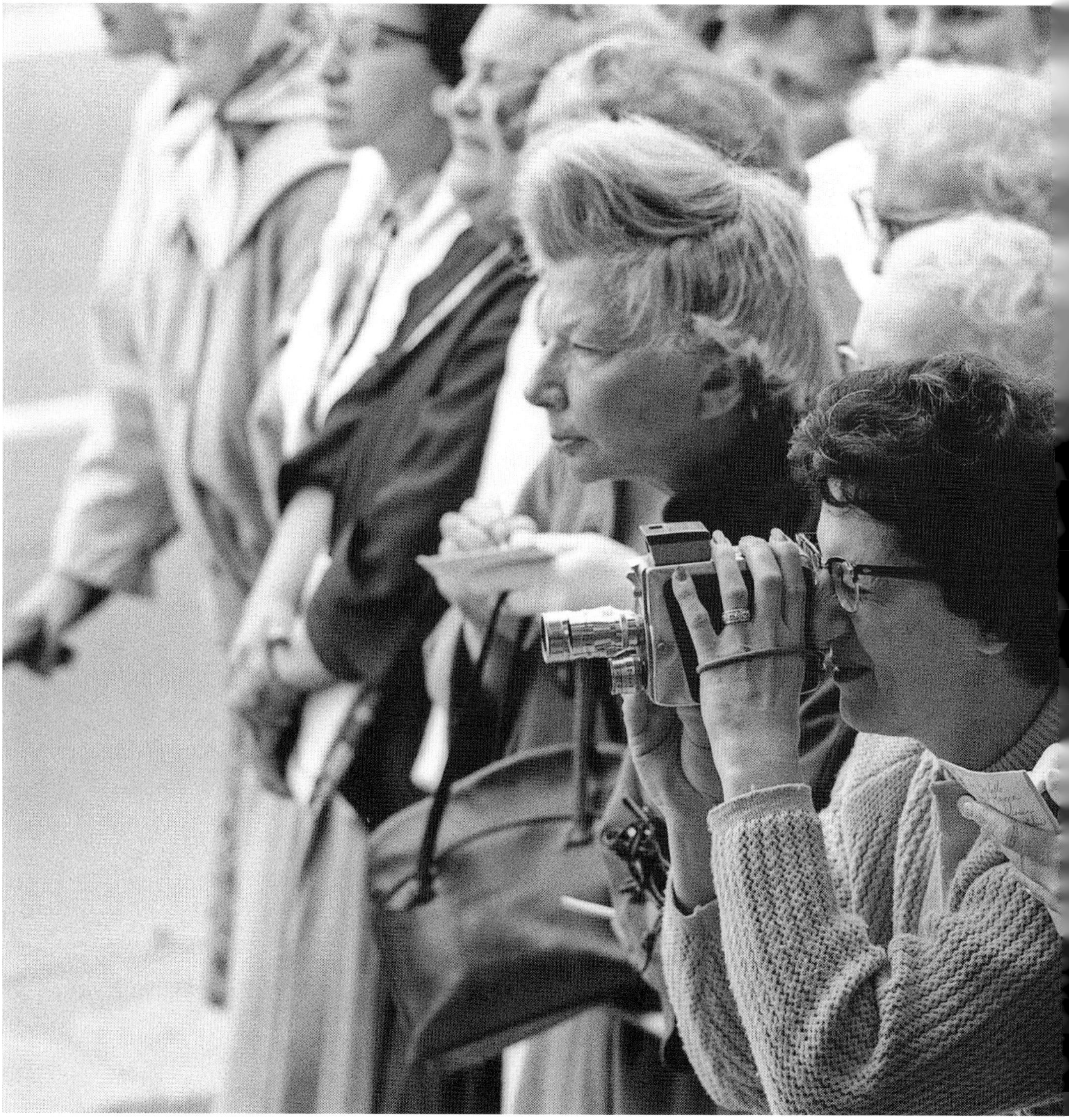

127

contd　blows its nose on notebook pads　　　ノートの上で鼻をかむ

partners in crime shake hands　　　共犯者たちが握手する

secretly　　　秘密裡に

witnesses hang around　　　目撃者たちがあたりをうろつき

waiting on rosaries　　　ロザリオを待ち続ける

say spyglass prayers　　　小型望遠鏡の祈りを捧げ

hullucinates　　　幻覚を起こす

knowin nothingness　　　無というものを知りながら

unconciousness　　　無意識

no innocence　　　潔白さなどなく

well lighted　　　明るく照らされ

flimsy cloud　　　映画のような雲が

holds crowd　　　群衆をとらえ

dont see no angels　　　天使の姿は見えず

today no one thinks of　　　今日は誰も自分のことを

himself as the devil　　　悪魔だとは思わず

films of pornographic dirt　　　わいせつなポルノ映画も

cant possibly hurt　　　恐らくは感情を害せず

forsaken coffin's　　　見捨てられた棺の

woodtick slits　　　森林ダニの裂け目

gleaming rubbed down boards　　　こすられてすべすべになってぎらぎらと輝く板

burials remain　　　埋葬あるゆえに

the same　　　同じ墓地は

cemeteries sleep　　　同じ位置で眠り続ける

in the same position

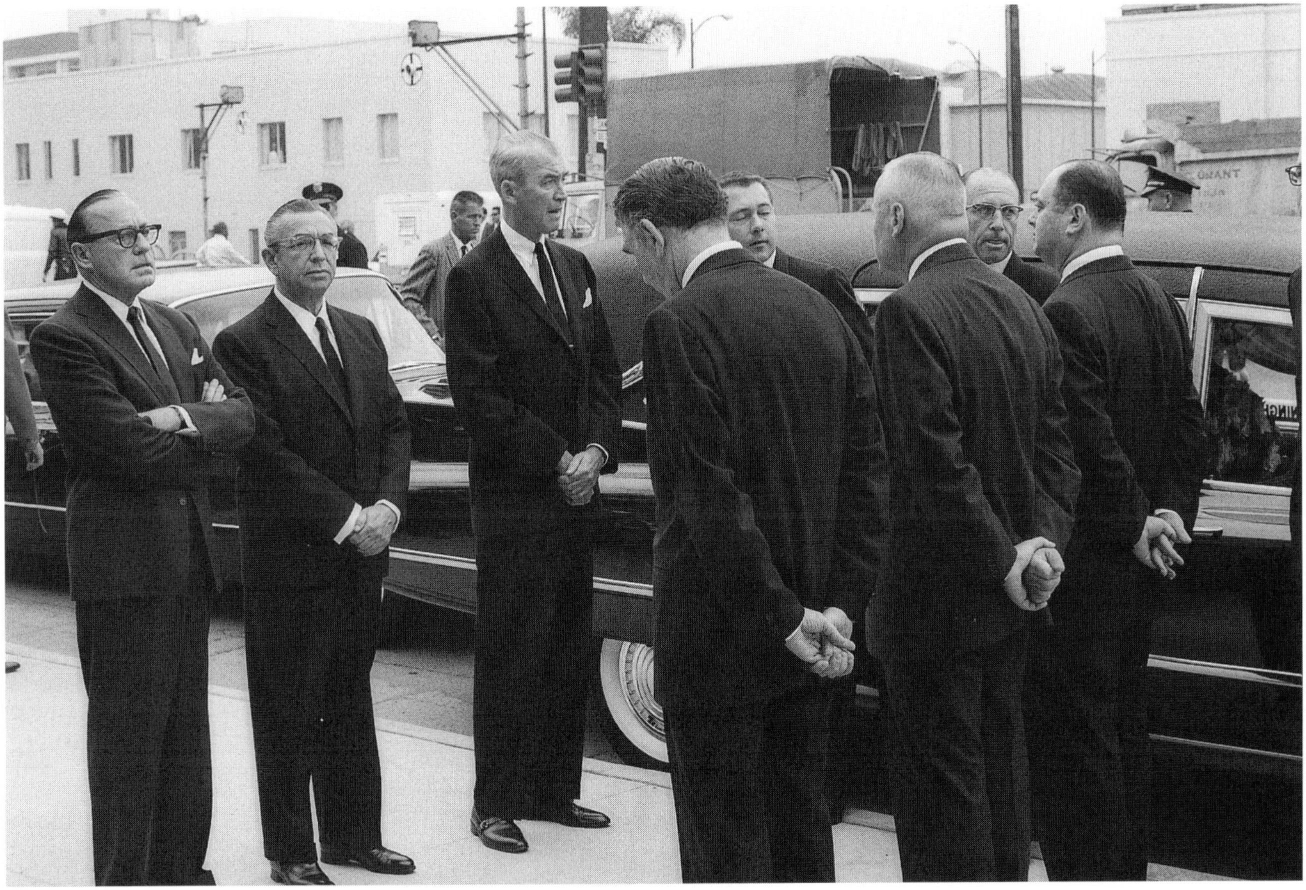

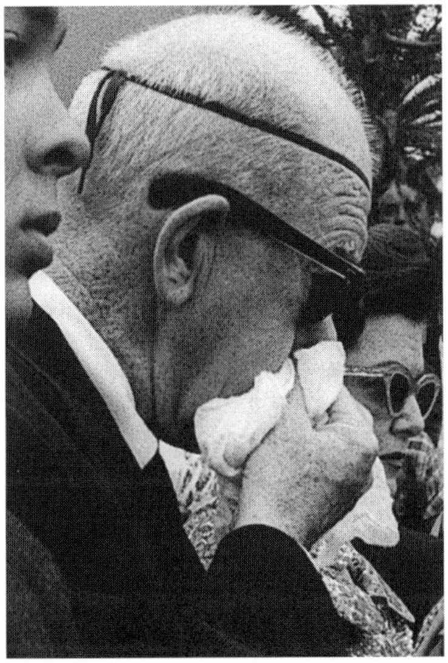

23

a crime not t cry?	泣かないというけしからぬ行為？
can i cast it that freely	わたしはあんなふうに惜しげもなく振りまけるのか
or must one be condemned	それとも非難される者になるのだろうか
for not sobbing the loudest?	騒々しく泣きじゃくらなかったことで？
damned for not cryin at all?	まったく泣かないと罵られるのか？

champion stunts	チャンピオンの妙技
capture the center ring	センター・リングを独占する
some have nothin	毎日
t look forward	何を楽しみにすることもなく
to each day	生きている人もいる
except a diary	一日の終わりに
at the end of their day	日記をつけること以外

lookin at life	人生を見つめる
watchin it being lowered into the ground	どんどん低くなり地面についてしまうのを見守る
unable t change a thing	何ひとつ変えることができない
you too	あなたもまた
yes	そう
have committed	犯してしまった
some wicked sins	とんでもない罪を

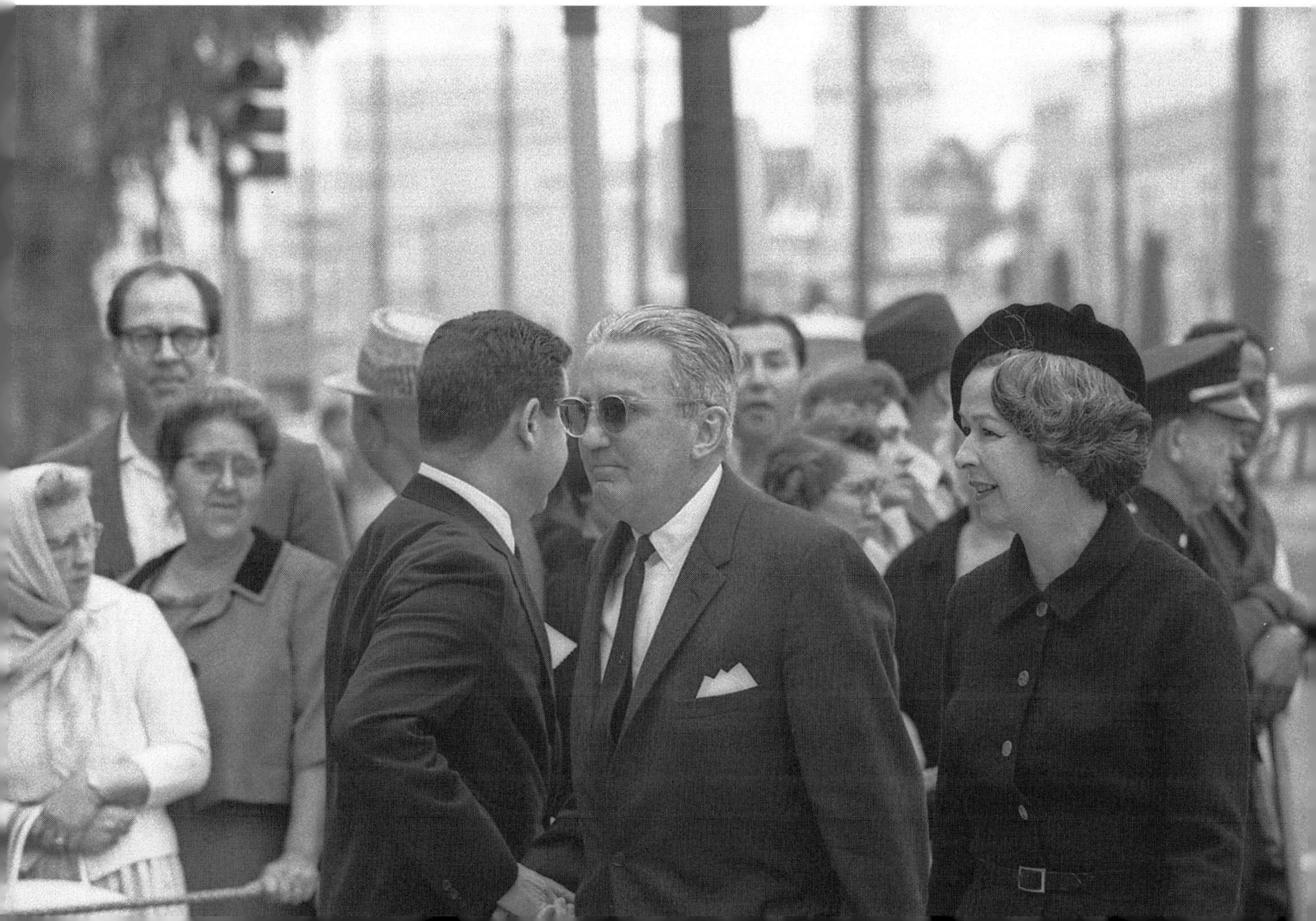

contd receivin this award once

from whom i presumed

kind givers of good wishes

thinkin that they

knew what they were doin

i at least thought

t some degree

acceptin this then

i stood on the

platform an said

"i see something of

myself in the killer

of the president"

some givers booed

screwed their faces up

sneered terribly

i could've stopped

an asked

"is there one person

out there who does

not believe he could

say the same thing?"

ah mama but it's so hard

思っていたとおりの人から

この賞を受け取る

素晴らしい願いごとの心優しき贈与者

自分たちが何をしているのか

ちゃんとわかっていたと思っている

わたしは少なくとも

ある程度までは

受け入れようと思っていた

それからわたしは

壇上に立って言った

「大統領を殺した者の中に

自分自身の姿をいくらかは見出します」

非難の声をあげる贈与者もいて

顔をしかめ

激しくせせら笑った

わたしはそこでやめて

尋ねることもできた

「彼も同じことを言えたと

信じない人が

この場に一人でも

いますか？」

ああママ　でもとても難しい

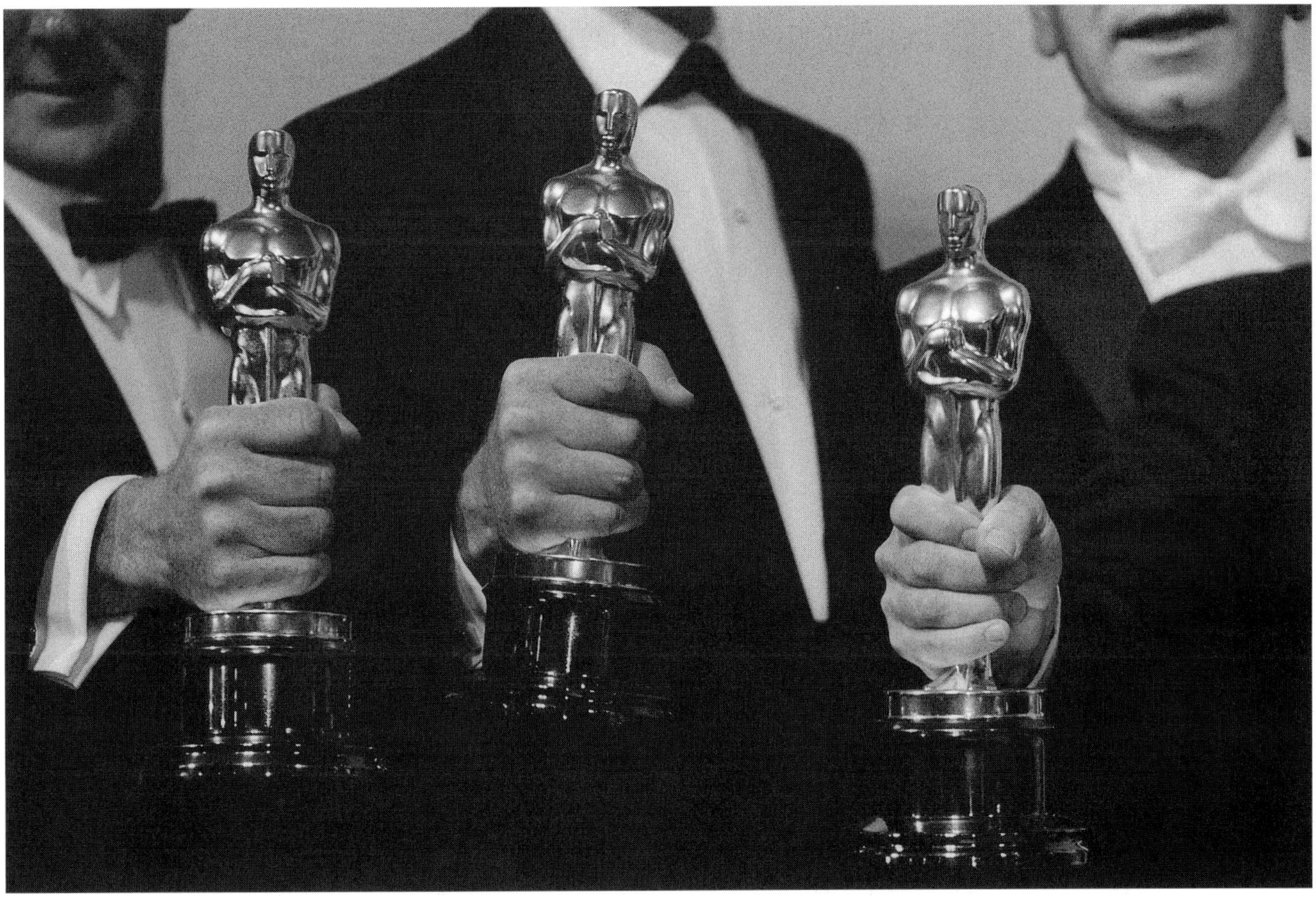

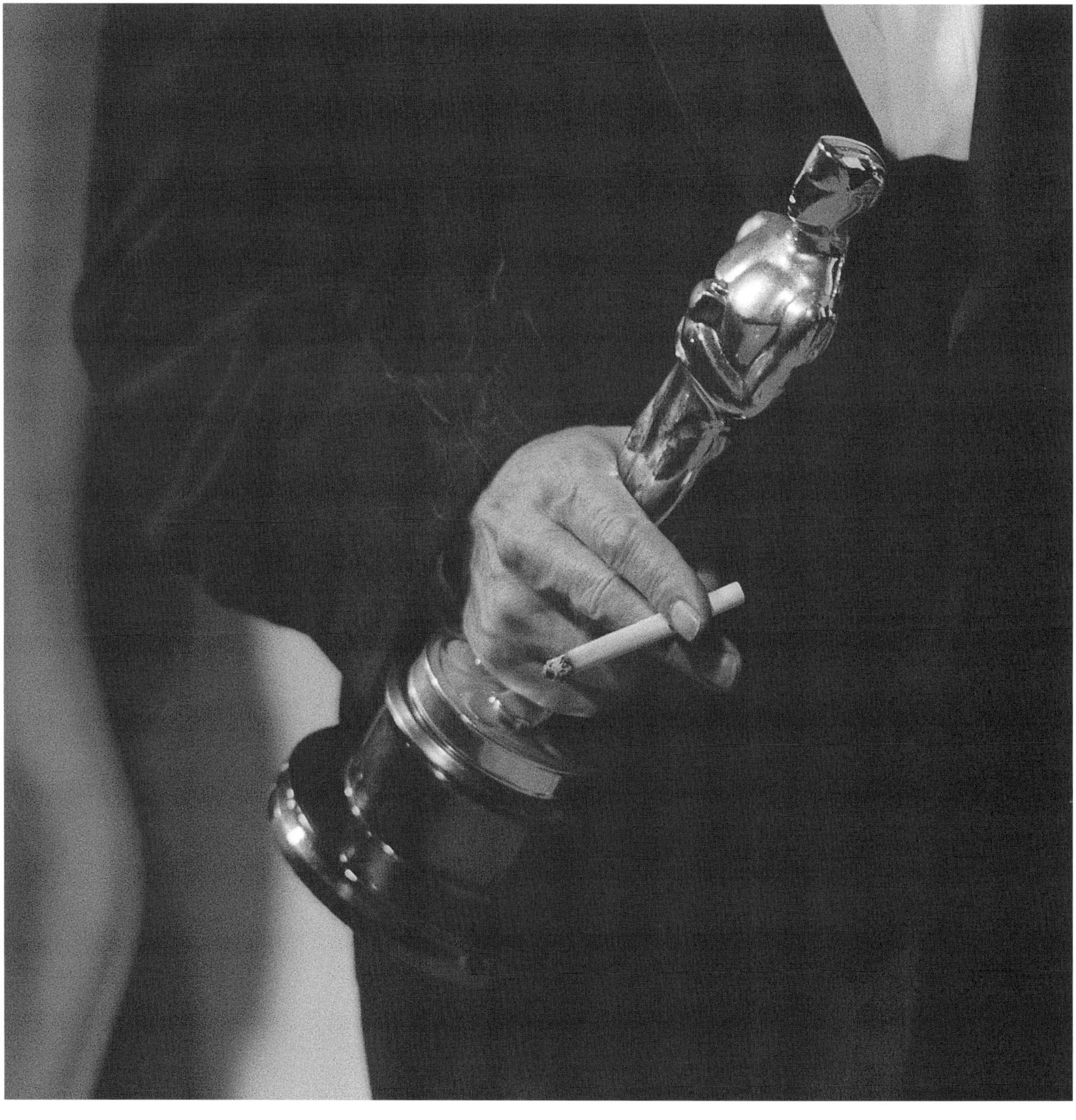

contd   for i'm livin in movement   だってわたしは止まることのない
                 not stoppin an categorizin   動きの中で生きていて
                 the movement   何の運動なのかカテゴライズしている
                 an so   だからこそ
                 i could not explain t them   わたしは彼らに説明できなかった
                 about what i was doin   自分が何をやっているのか
                 instead i finished   その代わりにわたしは
                 my thoughts   自分の思考を終えた
                 without compromise   妥協することなく
                 (a course   (ひとり以外の
                 of course   誰のためでもない
                 for none   コースの
                 but one)   行程)
                 an stepped down   そして彼らにもらった
                 with my award   わたしの賞を手にして
                 which they'd given   壇から降りた
                 much worthless   場所を取る以外
                 but for the space it took   ほとんど値打ちがなく
                 priceless   金では買えない
                 but for the worthless space it took   何の値打ちもない場所を取る以外
                 i later held it   後でわたしは握りしめた
                 if for no other reason   何の理由があってというわけではなく
                 just t hold it   ただ握りしめただけ
                 i cupped it t my breast   わたしはカップのように自分の胸にあてがい

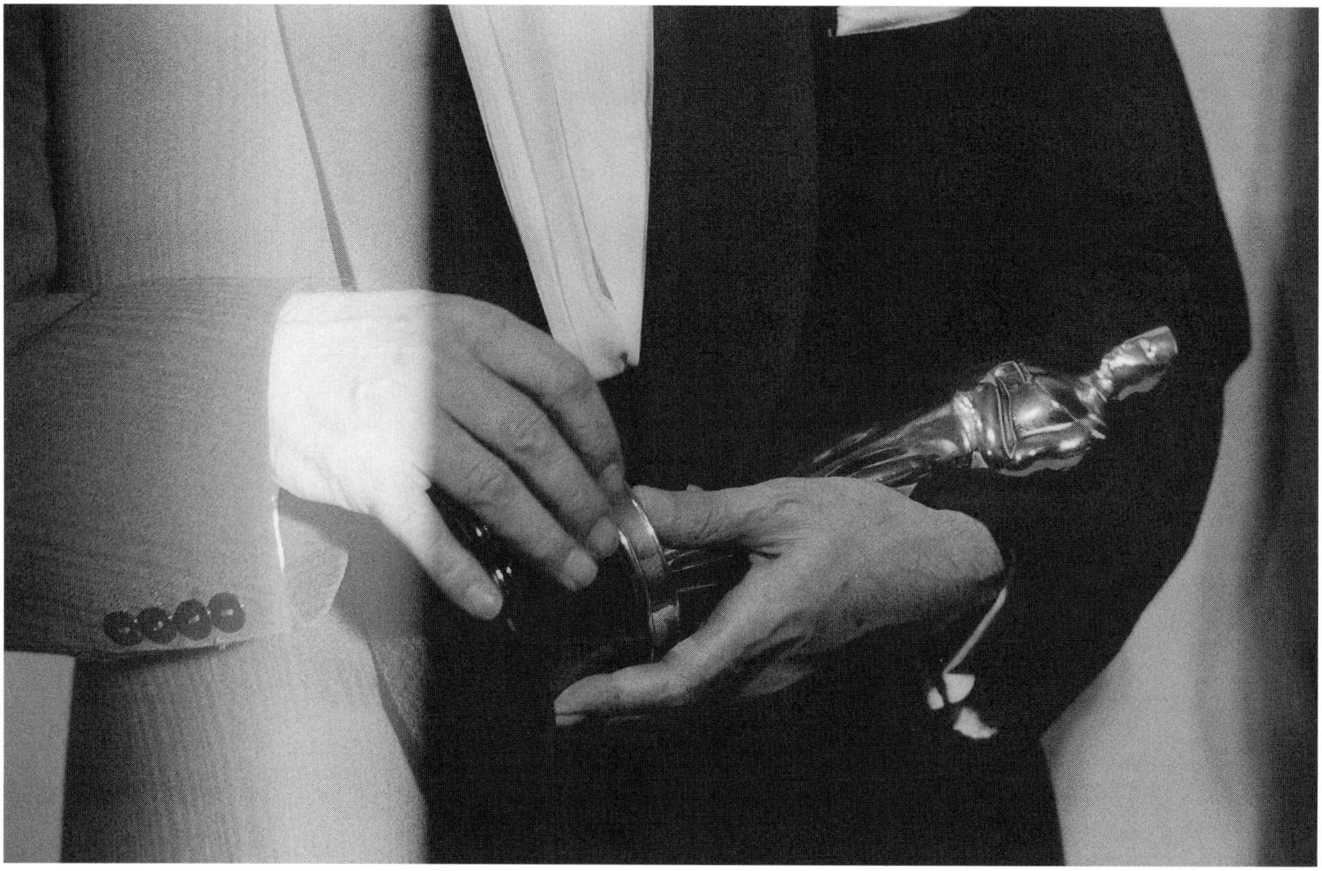

contd　　looked into its eyes　　　　　　　　　　その目を覗き込み

stroked it　　　　　　　　　　　撫でさすり

fixed it as a club　　　　　　　クラブのように固定して

pretended it was a barbell　　　バーベルであるかのようなふりをした

the room was silent mama　　　　その部屋は静まり返ったよ　ママ

the room was silent　　　　　　 部屋中が静まり返った

except for this hysterical laughin　ただヒステリックな笑い声が

stemmin from the ridiculousness　こんな役立たずの持ち物の

of such useless property　　　　ばかばかしさの中から起こっただけ

but i couldnt tell　　　　　　　でも誰が笑っていたのか

who was laughing mama　　　　　わたしにはわからなかった　ママ

i couldnt tell if it was me　　 わたしだったのか

or this thing　　　　　　　　　 それともわたしが持っている

i was holding　　　　　　　　　 この一物なのか

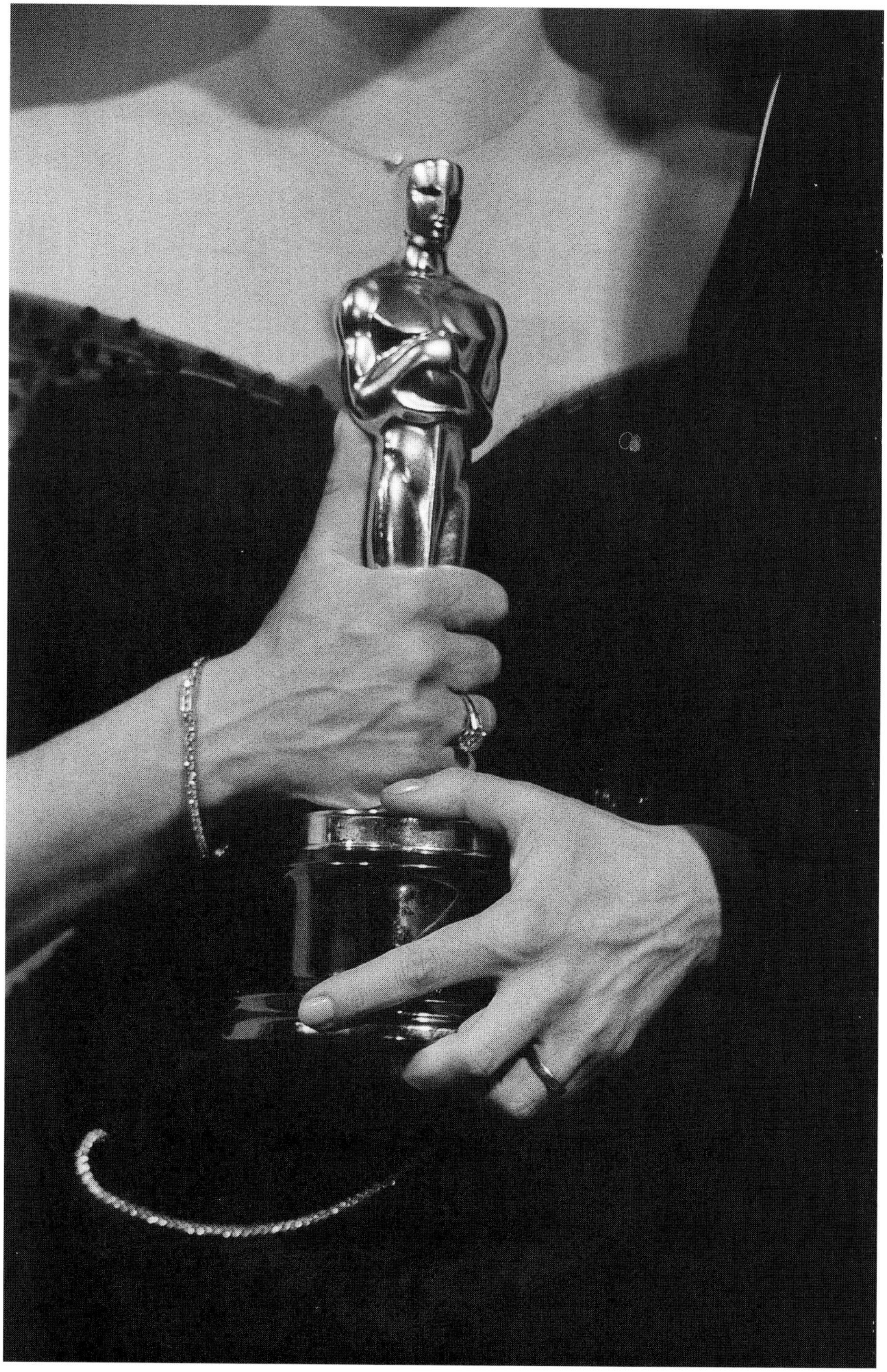

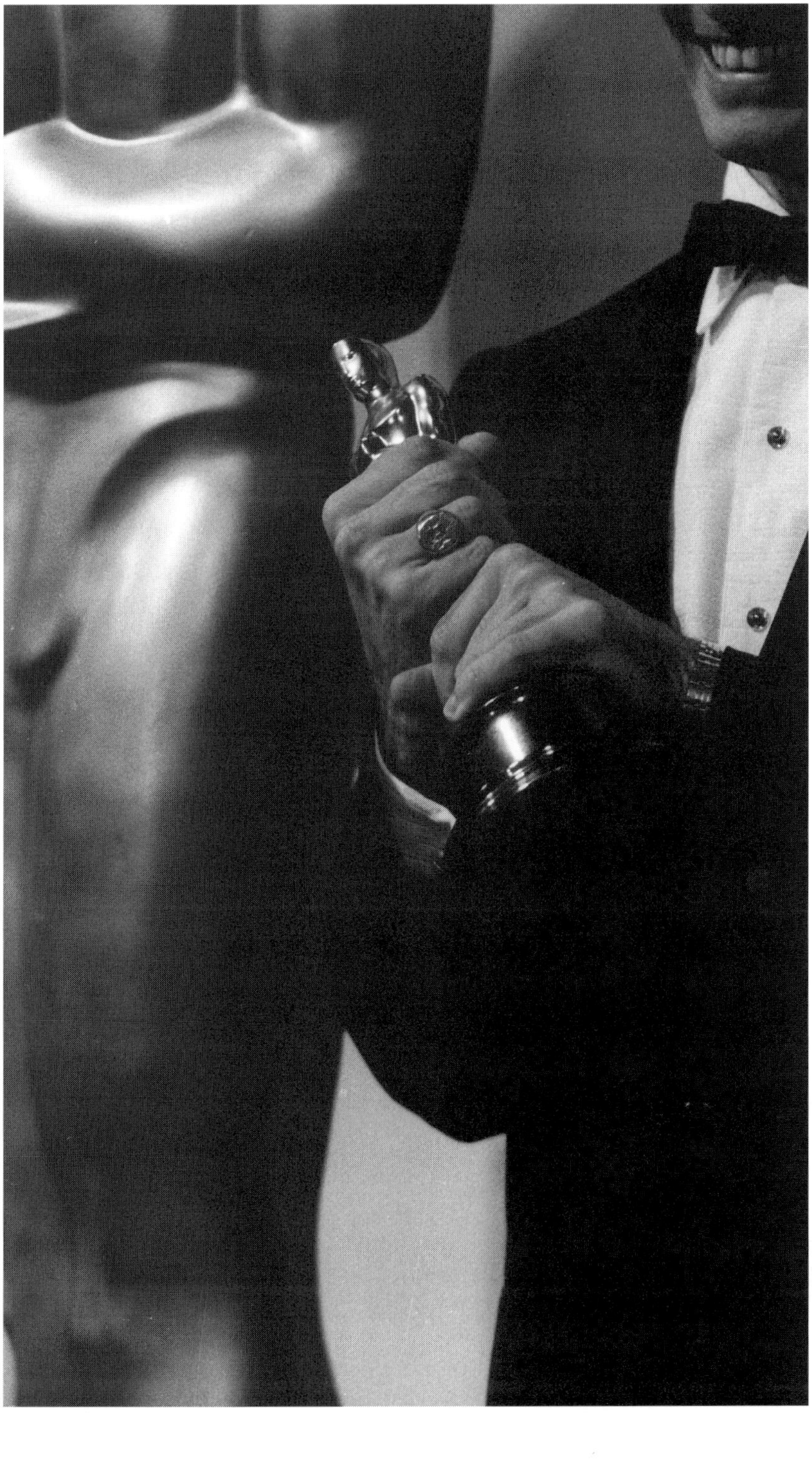

フォト・インデックス

1: Woman walking through Rudolph Valentino's crypt

2: Silent film star Francis X. Bushman

3: Charlie Chaplin, Hollywood Wax Museum

4: Clark Gable, Hollywood Wax Museum

5: Brigitte Bardot, Hollywood Wax Museum

6: Nude posing in the background

7: Photo studio, models for hire

8–11: Judy Garland

12–14: Director Curtis Harrington on the set of *Night Tide*, 1961

15: Premier of *Cleopatra*

16: Film debris

17: Fans at the premier of *Cleopatra*

18: Stage mother

19: Movie guides and maps

20: Central casting

21: Child backstage at audition

22: Jerry Mathers and family at home

23: Rolls-Royce

24: Stars and Debs Designer Apparel

25: Hedda Hopper; frame is catching her saying "fuck her" in reference to Louella Parsons

26: Hedda Hopper

27: Central casting

28: Jayne Mansfield

29. Stairway to paradise, 20th Century Fox back lot

30. Pillars from the set of *Cleopatra*

31. Road into Hollywood

32. Jack Warner's office door

33. Closed set, *Peyton Place*

34. Back lot at 20th Century Fox, *Peyton Place*

35. Discarded tombstones, 20th Century Fox

36. Hal Roach studio

37. Talent parking lot

38–40. Curtis Harrington, casting office

41. John Burke, Jim Dixon, Dennis Hopper, Curtis Harrington, the set of *Night Tide*, 1961

42. Marlene Dietrich at Gary Cooper's funeral

43, 44. Bette Davis

45. Marilyn Monroe look-alike

46–48. Acting class

49. Sinatra at the inaugural ball for John F. Kennedy

50. Samson DeBrier, stylist

51. Costume boxes, wigs, etc.

52. Audrey Hepburn's dress mannequin

53. Costume boxes, wigs, etc.

54. Chandelier and convertible

55. Steve McQueen

56. Billy Barty with agent

57. Outside the William Morris Agency

58. Car phone

59: Martha Raye in *Jumbo*, 1962

60: Sophia Loren's footprints on the Walk of Fame

61, 62: Marlon Brando at CORE March in Glendale, California

63: Press agents at a press party

64: Marilyn Monroe's pills, taken from the window

65: Screenwriter Mann Rubin

66: Circus performer, *Jumbo*, 1962

67: Sue Lyon, set of *Lolita*, 1962

68, 69: Hollywood sign, from Beachwood Drive

70–73: The Hollywood sign

74: Woman at the premier of *Cleopatra*

75: Pat Crest, *Playboy* playmate

76: Barney's Beanery

77: Marilyn Monroe's home, the day of her death

78: Marilyn Monroe's swimming pool, the day of her death

79: Gary Cooper's widow, Sandra Shaw

80: Gary Cooper's funeral, 1961

81: Mourners, Gary Cooper's funeral

82: Press gathered outside Gary Cooper's funeral

83: Edward G. Robinson

84: Fans outside Gary Cooper's funeral

85: Outside Gary Cooper's funeral service

86: John Ford

87: Warren Cowen (wearing glasses)

88: Academy Awards, 1960

89: William Wyler, Best Director, *Ben Hur*

90, 91: Academy Awards, 1960

92: Charlton Heston, Best Actor, *Ben Hur*

commentary
解説

by Heckel Sugano
菅野ヘッケル

ボブ・ディランは1962年デビューアルバムを発表して以来、今日までに50枚を超えるアルバムをリリースしている。これらのアルバムのなかには、ジャケットにディランの顔のアップをデザインした作品も多い。そのなかでもっとも印象的なアルバムは、1964年に発売された3枚目の『時代は変る』だろう。そこには23歳の若者には見えない、成熟した表情のディランの写真が使われている。スタジオでポーズを決めて撮影したように見える写真だが、実際はマンハッタンのビルの屋上で撮影された一連のスナップ写真の一枚だ。この写真を撮影したのがバリー・ファインスタイン。『時代は変る』以外にも、ファインスタインが撮影した写真は『グレーテスト・ヒッツ第2集』『偉大なる復活』『ブートレグ・シリーズ第4集：ロイヤル・アルバート・ホール』『ブートレグ・シリーズ第7集：ノー・ディレクション・ホーム』のジャケットに使われている。

本書に掲載された23篇の詩は、文体や形式から1964年に書かれた作品と推測できる。本書の「序文」や「序論」で説明されているが、華やかなハリウッドとは違う、もうひとつの風景をファインスタインがジャーナリスティックな視点で撮影、ディランがその写真を見て浮かんだイメージを詩に表現した。当時、ふたりは本書の企画を出版社に持ち込んだが、肖像権などの問題を危惧したマクミラン社に出版を拒否された。しかしファインスタインはあきらめずに素材を保管し、40年後に『ボブ・ディラン自伝』などを出版するサイモン＆シュスター社で実現させたというわけだ。

ディランは 1963 年 5 月に 2 作目『フリーホイーリン』を発売したあと、66 年 7 月にモーターバイク事故で活動を中断させるまで、驚異的なスピードで創作活動を続けていた。わずか 3 年のあいだにフォークからロックへ、プロテストからラヴソングや象徴的かつ難解な歌詞へと、大きく変化する 6 枚のアルバムを発表し、コンサート活動も精力的におこなった。さらに創作活動は曲作りの枠を超え、音楽を伴わない詩や絵画にも向かった。こうした作品の多くは当時のジャケットや雑誌などに掲載されている。たとえば『時代は変る』には「あらましの墓碑銘 11 篇」が、『アナザーサイド・オブ・ボブ・ディラン』には「いくつかのべつのうた」という詩が、それぞれ掲載されている。また、同時期に書き綴った長編散文詩、あるいは自由小説といえる『タランチュラ』が、1971 年に 1 冊の本として出版された。ディランの正式発表された歌詞以外の詩や文章の多くは、『Words Fill My Head』 http://www.bjorner.com/WFMH%20home.htm に掲載されている。

1930 年代初頭に生まれたバリー・ファインスタインは、フィラデルフィアでアシスタント・カメラマンとして出発し、50 年代後半には映画の都ハリウッドに移りコロムビア映画のスティール写真家として大スターたちの写真を数多く撮影した。同時に彼はスターのポートレートだけでなく、ハリウッドの舞台裏をドキュメントすることにも興味を向けていた。60 年代初期にニューヨーク州ウッドストックに移り、映画関係以外に政治家やミュージシャンたちの写真を撮るようになる。この頃、古くからの友人であるアルバート・グロスマンがマネジメントをしていたピーター・ポール＆マリーのマリー・トラヴァースと結婚した。ディランと初めて出会ったのもこの時期だ。

1963 年 9 月、ファインスタインはグロスマンが購入したロールスロイスをコロラド州デンヴァーからニューヨーク州ウッドストックまで運ぶ役を引き受けたことがある。このときひとりで運転するのは無理だったのでディランが同行することになった。ふたりは途中で何泊かし、北米をほぼ横断してニューヨークに戻ってきたという。ちなみに『デラニー＆ボニー＆フレンズ・オン・ツアー・ウイズ・エリック・クラプトン』のジャケットに使われているロールスロイスの写真は、この旅の途中で撮影したもので、車の窓から突き出ているのはディランの足だ。このように、ディランとファインスタインはかなり親しい友人関係だったように思われる。

ファインスタインは、ディランの 1966 年ヨーロッパツアーと 1974 年全米ツアーに公式フォトグラファーとして同行（このときの写真を、2008 年に『ボブ・ディラン写真集：時代が変わる瞬間』として出版）、1968 年には映画『モンタレー・ポップ』にスティールカメラマンとして加わり、さらにカルトムービー『You Are What You Eat』も監督した。また 1971 年には『コンサート・フォー・バングラデシュ』の公式フォトグラファーもつとめた。ファインスタインが撮影したディランの写真は、上記以外にも写真集『Early Dylan: Photography by Barry Feinstein, Daniel Kramer, and Jim Marshall』や、DVD『Bob Dylan World Tour 1966-1974: Through the Camera of Barry Feinstein』にそれぞれ掲載・収録されている。

HOLLYWOOD FOTO-RHETORIC
text by BOB DYLAN
photographs by BARRY FEINSTEIN

Copyright © 2008 by Bob Dylan
Photographs copyright © 2008 by Barry Feinstein
Foreword by Luc Sante copyright © 2008 by Luc Sante
Introduction by Billy Collins copyright © 2008 by Billy Collins

Japanese translation rights arranged
with SIMON & SCHUSTER, INC.
through Japan UNI Agency, Inc., Tokyo.

追憶のハリウッド '60s
もうひとつのディラン詩集

2010 年 7 月 1 日　第 1 刷印刷
2010 年 7 月 10 日　第 1 刷発行

詩❖ボブ・ディラン

写真❖バリー・ファインスタイン

訳者❖中川五郎

発行人❖清水一人

発行所❖青土社
〒101-0051 東京都千代田区神田神保町 1-29 市瀬ビル
電話　03-3291-9831(編集)　03-3294-7829(営業)
振替　00190-7-192955

印刷所❖ディグ(本文)
方英社(表紙・カバー)
製本所❖小泉製本

ISBN978-4-7917-6552-2　Printed in Japan